1

신데렐라
포장마차

신데렐라 포장마차 1
ⓒ 정가일 2017

초판 1쇄 발행일 2017년 9월 14일

지 은 이 정가일

출판책임 박성규
편집진행 유예림
편   집 남은재
디 자 인 조미경 · 김원중
마 케 팅 나다연 · 이광호
경영지원 김은주 · 박소희
제   작 송세언
관   리 구법모 · 엄철용

펴 낸 곳 도서출판 들녘
펴 낸 이 이정원
등록일자 1987년 12월 12일
등록번호 10-156
주   소 경기도 파주시 회동길 198
전   화 마케팅 031-955-7374 편집 031-955-7381
팩시밀리 031-955-7393
홈페이지 www.ddd21.co.kr

I S B N 979-11-5925-280-8 (04810)
         979-11-5925-279-2 (세트)

「이 도서의 국립중앙도서관 출판예정도서목록(CIP)은 서지정보유통지원시스템 홈페이지(http://seoji.nl.go.kr)와 국가자료공동목록시스템(http://www.nl.go.kr/kolisnet)에서 이용하실 수 있습니다.(CIP제어번호: CIP2017022921)」

1

신데렐라 포장마차

정 가 일 장 편 소 설

들녘

차례

프

롤

로

그

"몇 시죠?"

"11시 58분!"

하루에 한 시간만 나타난다는 환상의 식당이 이제 2분 뒤면 사라진다.

"뛰어요!"

소주희가 김건의 손을 잡아끌고 달리기 시작했다. 김건은 날아가려는 모자를 손으로 잡고 뒤따라 달렸다. 자정 종이 치기 전에 사라지려는 신데렐라를 쫓아가듯 두 사람은 달리고 또 달렸다.

숨이 턱까지 차오르고 어깨가 떨어져나갈 듯 아파질 무렵, 저 앞에 공원이 보였다.

"저기요!"

그녀가 손으로 가리킨 곳에 푸드트럭 한 대가 서 있었다.

이미 영업을 마친 듯, 장사를 할 때 열어놓는 옆문이 닫히며 외부 등이 꺼졌다.

"벌써 끝났나 봐요."

그쪽을 향해 손을 흔들며 달려가는 두 사람을 뒤로하고 푸드트럭의 시동이 걸리며 헤드라이트가 켜지더니 트럭은 서서히 공원을 떠나 도로로 빠져 나갔다.

"아! 안 돼!"

"잠깐만요!"

두 사람이 '신데렐라 포장마차'를 향해서 마지막 힘을 다해 달려갔지만 차는 순식간에 빨려들 듯 어둠 속으로 사라져버렸다.

─◦◦◦◦─

─ 인간에게 망각은 축복일까요? 저주일까요?

라디오DJ의 소곤거리는 목소리를 들으며 소주희는 나른한 얼굴로 길게 하품했다.

─ 갑돌이와 갑순이 잘 아시죠? 한 마을에 사는 젊은 남녀의 이루어지지 않은 사랑 이야기입니다. 모두 이 이야기에 뒤편이 있을까 궁금하시죠? 없습니다. 그들은 그냥 그렇게 평생

을 서로 그리워하며 살았다. 그게 끝이랍니다.

밤 9시가 넘은 지하철 안, 수많은 승객들이 비좁은 열차 안을 서로의 지친 숨결과 땀 냄새로 메우며 진동과 소음에 흔들리는 몸을 맡기고 있었다.

— 만약 그들에게 과거를 잊을 수 있는 기회가 주어진다면 어떨까요?

허름한 야상점퍼를 망토처럼 걸친 맹인 거지가 지팡이로 주변을 두드리며 지나가고 있었지만 사람들은 지친 얼굴로 애써 그를 외면하고 있었다.

— 과거를 모두 잊어버리고 다시 만난 두 남녀. 서로를 가로막던 자존심이나 오해도 없이 순수한 영혼과 영혼으로 만난 두 사람은 과연 행복하게 사랑을 할 수 있을까요?

맹인 거지의 지팡이가 다리를 건드리자 놀란 소주희가 귀에서 이어폰을 빼며 옆으로 물러섰다.

거지가 두 손가락으로 가볍게 잡은, 때 묻은 플라스틱 바구니 안에서 초라하게 딸랑거리는 동전 소리에 사람들이 모세의 기적처럼 좌우로 갈라졌다. 평범한 대학생으로 보이는 남녀 한 쌍이 옆 칸에서 일부러 따라와서 천 원짜리 한 장을 바구니에 넣어주자 맹인 거지가 고개를 숙여 인사했다. 어딘가 가슴이 따뜻해지는 풍경이었다.

그때였다.

"아앙!"

갑자기 이상한 여자의 콧소리가 울려 퍼지자, 사람들의 시선이 일제히 한곳으로 모였다.

"아이, 왜 이래요!"

손잡이에 매달린 여자가 뒤에 서 있던 남자와 실랑이를 벌이고 있었다. 여자는 굴곡진 몸매가 그대로 드러나는 야한 옷을 입고 있었다. 짧은 미니스커트와 가슴이 깊게 파인 상의를 입은 글래머러스한 여자의 뒤에 바바리코트 차림의 남자가 몸을 바짝 붙이고 있었다. 한눈에 봐도 변태 같은 남자가 여자를 성추행하는 것으로 보였다.

"누가 경찰 좀 불러주세요!"

여자가 다급하게 외치자 누군가가 휴대폰을 꺼냈지만 바바리맨이 무섭게 노려보자 슬그머니 고개를 숙였다.

"꼼짝 마!"

그때, 슈퍼영웅처럼 적시에 등장한 스포츠머리에 단호한 표정의 남자 하나가 바바리맨의 팔을 붙잡았다.

"뭐야? 이거 놔!"

바바리맨은 반항했지만 남자의 엄청난 힘에 꼼짝도 못 하고 팔이 꺾였다.

"지하철 수사대다! 성추행 혐의로 체포한다!"

남자가 경찰수첩을 꺼내 보이자 바바리맨은 저항을 포기하고 고개를 숙였다. 조금 전까지의 살벌한 눈빛은 찾을 수 없었다. 사람들은 정의의 기사처럼 나타난 형사에게 박수를 보냈다. 형사는 사람들을 향해 살짝 고개를 숙였다.

누군가 SNS에 올릴 사진을 찍으려 하자 형사가 손을 저었다.

"아, 사진은 안 됩니다! 공무상 제 얼굴이 알려지면 안 돼서……."

그러고는 바바리맨을 앞쪽으로 밀어붙였다.

"얌전히 따라와!"

형사는 피해자인 여자에게도 "증인으로 동행해야 하니 다음 역에 같이 내리시죠."라고 말하고는 출입문 앞으로 바바리맨을 끌고 갔다. 사람들은 든든한 경찰의 출현에 기분이 좋아졌다. 누군가 나 대신 음지에서 묵묵히 어려운 일을 해준다. 올바로 기능하는 사회가 바로 이런 것 아닐까?

그 와중에 영문을 모르는 맹인 거지가 안 보이는 눈으로 두리번거리며 머뭇거리자 아까 돈을 주었던 대학생들이 친절하게 그의 팔을 잡아주었다.

"고맙습니다. 다음 역에 내리려고요."

친절한 대학생은 그렇게 말하는 맹인 거지를 지하철 문 쪽으로 이끌었다. 이 흐뭇한 광경에 승객들은 미소를 지었다. 아직도 세상에는 좋은 사람들이 많구나 하고 조금은 안심하고 힘을 낼 수 있는 풍경이었다. 다시 한 번 마음이 따듯해지는 순간이었다.

"잠깐!"

하지만 한 남자가 형사를 가로막자, 이들의 행복한 기분도 산산이 깨졌다.

"죄송하지만 지금 내리시면 안 됩니다!"

"뭐? 당신 뭐야?"

형사가 툭 튀어나온 커다란 눈을 부라렸다. 형사를 가로막은 이 이상한 남자는 유행이 한참 지난 양복을 맵시 있게 입고 중절모까지 쓰고 있었다.

'앗!'

그의 모습을 본 소주희는 이상하게 가슴이 두근거렸다. '어? 저 사람, 어디서 봤더라?'

"민간조사원 김건이라고 합니다. 모든 일에 최선의 결과를 내겠습니다."

남자가 모자를 벗어 들고 가슴에 대며 공손하게 인사했다. 흑백영화에서 튀어나온 듯한 남자의 복장과 매너가 생소하면서도 묘하게 신선했다. 그의 목소리를 듣고 소주희는 다시 한 번 놀랐다.

'김건! 분명히 그 사람인데? 하지만……' 그녀는 고개를 갸웃했다.

"민간조사원? 그게 뭐야?"

형사의 물음에 김건이 나지막이 한숨을 쉬었다.

"탐정이 뭔지는 아시겠죠?"

"아, 탐정은 무슨! 나 형사야, 형사! 비켜!"

형사가 으름장을 놓자 김건은 모자를 멋있게 돌려 쓰며 옆으로 비켜섰다. 때마침 지하철이 역에 들어섰고 형사는 바바리맨과 피해 여성을 이끌고 문 앞으로 다가갔다. 그런데 형사가 서두르느라 팔을 제대로 잡지도 않았는데 바바리맨은 자신의 팔을 등 뒤에 붙인 채 뿌리치지도 않고 있었다. 김건이 웃으면서 눈치를 주자, 그제야 형사가 다시 바바리맨의 팔목을 단단히 잡았다.

"아아! 야! 아파, 인마!"

바바리맨이 외치자 형사는 눈짓을 하면서 그의 머리를 쥐어박았다.

차가 정차하고 외부 안전문이 열렸다. 형사 일행은 내릴 준비를 하고 있었지만 지하철의 출입문은 굳게 닫힌 채 열리지 않았다.

"이거 뭐야? 왜 안 열려?"

사람들이 당황해서 문을 두드리기도 했지만 꽉 닫힌 금속 문은 요지부동이었다.

"그 문은 안 열립니다."

김건이 손가락으로 천장을 가리키자 지하철 안내방송이 나왔다.

"승객 여러분께 안내 말씀 드리겠습니다. 고장으로 인해 지하철 출입문이 열리지 않고 있습니다. 가능한 한 빠른 시간 안에 조치하겠사오니 안전한 객차 안에서 기다려주시기 바랍니다."

사람들이 당황한 표정으로 웅성거렸다. 그중에서도 형사와 성추행범 일행의 표정은 흑빛으로 일그러졌다. 김건은 형사를 향해 질문을 던졌다.

"어디 소속이십니까?"

"뭐? 지하철 수사대라고 말했잖아!"

"아, 그러시군요. 그럼 그전에는 어디 계셨나요?"

"그건 알아서 뭐하게?"

형사의 핀잔에도 민간조사원이라는 남자는 미소를 잃지 않았다.

"형사가 현장에서 범인을 체포하는데 수갑을 채우지도 않고 미란다 원칙을 고지하지도 않더군요."

"뭐? 아…… 그건…… 바빠서……."

형사가 더듬거리며 주위를 둘러보더니 여자와 바바리맨에게 눈짓을 하고 옆 칸으로 향했다. 그러나 옆 칸으로 가려는 형사 일행을 다시 김건이 막아섰다. 형사가 버럭 소리를 질렀다.

"당신 뭐하는 거야? 이거 공무집행방해야. 알아?"

"민법 제8장 제156조 공무집행방해, 직무를 집행하는 공무원에 대하여 폭행 또는 협박한 자는 5년 이하의 징역 또는 1천만 원 이하의 벌금에 처한다. 맞죠?"

"그…… 그래……. 잘 알면서 왜 이래? 빨리 비켜!"

"죄송한데 이건 제136조입니다. 그리고 민법이 아니라 형법이죠. 잘 모르시나 봐요?"

"오래돼서 잊었어! 비켜!"

"경찰관이 민법, 형법 구분을 못 한다고요? 이상한데요."

"에이, 정말! 귀찮게! 비키라고!"

형사가 팔을 휘두르자 김건은 이번에도 옆으로 비켜서며 충돌을 피했다.

옆에 서 있던 소주희가 형사가 휘두른 팔에 맞을 뻔했지만 김건은 그녀의 어깨를 감싸며 형사의 팔을 쳐냈다. 그 바람에 그의 모자가 땅에 떨어졌다.

김건이 자신의 등 뒤로 소주희를 숨겨주던 그 순간, 소주희의 머릿속에서는 갑자기 옛날 기억들이 폭발하듯 터져 나왔다.

'그 무서운 악마에게 당해 쓰러진 친구들…… 이제 내 차례라고 체념하고 있을 때, 그 사람이 빛과 함께 등장했다. 꼼짝 마! 총을 겨누며 나를 보호해주던 기사! 그의 긴장된 땀 냄새! 본인도 무서우면서 자신의 등 뒤로 나를 숨겨주던 떨리던 손! 아, 그의 얼굴을 볼 수 있었다면……'

소주희의 머릿속에 과거의 기억이 스쳐지나가고 있을 때, 형사는 무서운 눈으로 김건을 노려보며 서둘러 가버렸다. 소주희는 바닥에 떨어진 모자를 집어서 김건에게 건네주었다.

"감사합니다."

소주희는 그의 목소리에 또 한 번 가슴이 뛰었다. 분명히 그때 그 사람이다! 하지만…… 눈빛은 전혀 다른 사람이다! 어떻게 이럴 수가 있지?

김건을 피해 옆 칸으로 가던 형사 일행은 앞쪽에서 지하철 수사대 제복 차림의 경찰들이 다가오는 것을 발견하고 황급히 돌아섰다. 하지만 그곳에는 김건이 웃으며 서 있었다.

"비켜! 안 비켜?"

형사는 이번에도 김건이 피할 줄 알고 팔을 휘둘렀지만 김건은 그 팔을 살짝 쳐내며 양손으로 형사의 가슴을 밀어냈다. 별로 힘을 준 것 같지도 않은데 큰 덩치가 뒤로 휘청하고 넘어갔다. 그런데 이상하게도 변태 남자와 변태 남자에게 성추행을 당한 여자가 같이 그를 부축해주었다. 그 모습을 보고 싱긋 웃은 김건이 사람들을 향해 외쳤다.

"차 안에 계신 여러분! 모두 소지품을 확인해보세요. 주로 휴대폰이나 지갑을 잘 찾아보세요."

어? 아! 하는 탄성이 차 안 곳곳에서 울렸다.

"내, 지갑!"

"휴대폰이 없어!"

사람들이 옷 속과 가방을 뒤지며 소란을 피웠다. 김건의 설명이 이어졌다.

"저 사람들은 전문 소매치기단입니다. 이 여성분과 바바리맨, 가짜 경찰이 시선을 끄는 사이 다른 일행이 소매치기를 하는 겁니다."

"뭐? 그럼 우리한테 장물이 있다고? 뒤져봐! 뒤져봐! 만약에 안 나오면……."

형사의 악다구니에 김건이 집게손가락을 세워서 좌우로

흔들었다.

"훔친 물건은 벌써 다른 사람한테 넘겼습니다."

"뭐라고? 그게 누군데?"

"그건 바로 가장 주목을 받으면서도 가장 의심을 덜 받게 되는 사람이죠."

김건이 옆을 몰래 지나가려던 맹인 거지의 발을 걸어 넘어뜨렸다.

"어이쿠!"

그가 바닥에 넘어지면서 '왈그락!' 하는 소리와 함께 십여 대의 휴대폰과 지갑이 쏟아져 나왔다. 선글라스를 벗은 '가짜' 맹인이 쥐새끼 같은 눈알을 굴리며 몸을 일으키려 했지만 사람들이 달려와서 그를 붙잡았다.

"이거, 내 거 아냐?!"

"내 지갑!"

자신의 소지품을 알아본 사람들이 달려들어 물건을 집으려 했지만 김건이 제지했다.

"물건은 경찰의 확인을 거친 후에 받으실 수 있습니다."

"얌마!"

맹인이 급히 눈을 뒤집어서 흰자위를 내보이며 소리 질렀다.

"장님한테 이래도 돼? 장애인 학대로 고발할 거야!"

하지만 김건은 피식 웃었다.

"괜찮습니다. 당신은 맹인이 아니니까요!"

"뭐?"

"맹인인데 천 원짜리 지폐가 바구니에 들어간 걸 바로 알아차리더군요. 진짜 맹인들은 엄지손가락을 바구니 안쪽까지 넣고 있습니다. 그래야 지폐를 받을 때 바로 알 수 있으니까……."

반대편 차량에서 한 무리의 경찰들이 넘어왔다. 그들의 옆에는 아까의 대학생들이 수갑을 찬 채 끌려오고 있었다.

"당신들이 시선을 끄는 사이에 저 사람들이 물건을 훔쳐서 가짜 맹인에게 전달해준 거죠. 아주 효율적인 시스템입니다. 하지만 이제 끝났어요!"

경찰들이 다가서자 '가짜' 형사가 포기하고 손을 내밀었다. '진짜' 경찰이 그의 손에 수갑을 채우고 미란다 원칙을 고지했다.

가짜 형사가 포기한 듯 깊은 한숨을 쉬며 김건에게 물었다.

"어떻게 알았어?"

김건이 빙긋 웃으며 대답했다.

"우리 모두는 사건으로 이루어진 거대한 흐름 속에 있습니다. 모든 사건은 발현되는 타당한 원인이 있고 적절한 과정을 거쳐 각각의 결과에 이릅니다. 만약 그 흐름 중에 어울리지 않는 사건이 발생했을 때 그 흐름을 거슬러 올라가보면 원인을 알 수 있게 되죠."

가짜 형사가 김건을 노려보며 말했다.

"어떻게? 우리는 완벽했는데!"

김건이 엄지와 검지로 모자챙을 훑으며 말했다.

"사람은 오로지 가슴으로만 올바로 볼 수 있다. 본질적인 것은 눈에 보이지 않는다. 생텍쥐페리가 한 말이죠."

수갑을 찬 글래머 여자가 그 말을 듣고 보란 듯이 큰 가슴을 앞으로 내밀었다.

"그 가슴이 아닌데……. 아니, 뭐, 그것도 좋네요."

김건이 모자챙에 손을 대고 몸을 돌렸다.

"아저씨!"

소주희가 조심스럽게 김건을 불렀다.

"네?"

김건은 자신의 앞에 나타난 귀여운 얼굴에 글래머러스한 아가씨를 보고 고개를 갸우뚱했다.

그녀의 얼굴을 보자 이상하게 김건은 가슴이 두근거렸다. 누구지?

"저 모르시겠어요? 시엘(Ciel) 여고에서……."

"글쎄요?"

김건은 난처한 표정으로 싱긋 웃었다. 그 눈빛에 거짓은 없어 보였다.

'분명히 그 사람인데 나를 모른다니……'

"죄송합니다. 정말 기억에 없어요."

"아니요, 제가 죄송해요."

소주희는 크게 실망했다. 그녀의 목숨을 구해준 사람이 그녀를 기억하지 못한다.

"김건 조사관님?"

"예?"

경관 하나가 다가와서 휴대폰을 내밀었다.

"서장님께서 찾으십니다."

"죄송합니다. 일 때문에……."

김건이 싱긋 웃으며 소주희에게 고개를 숙여 보이고는 전화를 받았다.

"예, 서장님. 다 잡았습니다. 아, 물론이죠. 지금요?"

소주희는 멀어져가는 그의 뒷모습을 쓸쓸한 표정으로 바라보고 서 있었다.

용을 죽이고 악마의 성에서 공주를 구해준 기사가, 공주를 알아보지 못하고 그대로 떠난다.

— 인간에게 망각은 축복일까요? 저주일까요?

라디오DJ의 소곤거리는 목소리가 이어폰을 비집고 튀어나왔다.

은색 포르쉐가 차가운 밤공기를 찢으며 도로를 달려나갔다. 원래 성능이 뛰어난 엔진에 고가의 튜닝을 더한 스포츠카는 짐승의 포효 같은 엔진음과 함께 총구에서 튀어나온 은색 탄환처럼 터널을 빠져나왔다.

신영규는 선글라스를 쓴 채 거친 솜씨로 차를 몰고 있었다. 냉정한 얼굴을 한 30대 초반의 이 남자는 차와 한 몸이 된 것처럼 달리고 있었다. 옆자리에 앉은 빨간 미니드레스의 여자는 상기된 얼굴로 웃고 있었다. 경극배우처럼 얼굴에 화장품을 떡칠해서 원래 피부색은 보이지도 않는 얼굴이 홍분으로 들떠 있었다. 이런 화장을 하려면 아마도 화장솜이 아니라 흙손이 필요할 것 같았다. 벼락부자 출신의 천박함이 외모에도 그대로 드러났다.

"아우~ 오빠. 너무 좋아!"

여자가 잔뜩 쉰 코맹맹이 소리로 감탄했다. 신영규는 자기도 모르게 얼굴을 찌푸렸다. 세상에서 그가 가장 싫어하는 두 가지 목소리를 한 사람이 다 가지고 있는 것이 신기했다. 발정 난 모기가 왱왱거리는 것 같은 목소리를 지우려고 그는 더 세게 페달을 밟았다.

삶과 죽음의 경계에 있는 시속 200킬로미터의 속도가 일으키는 파동에 몸을 맡기며 여자는 눈을 감은 채 신영규의 다리를 잡았지만 그는 눈길도 주지 않고 말했다.

"손 떼!"

그의 냉랭한 말에 여자가 슬며시 손을 치웠다.

"이 차, 속도는 좋은데 승차감은 좀 별로다."

샐쭉하며 말하는 여자에게 신영규는 코웃음으로 답했다.

"이전 남친은 벤츠였는데, 그 차가 승차감 더 좋았어!"

신영규는 어이가 없어서 웃었다. 왜 여자들은 옆자리에 태워준 것만으로 자신들이 남자의 차를 공유하고 있다고 믿는 걸까?

"호의가 반복되면 권리인 줄 안다더니……."

"뭐?"

"아니다……."

갑자기 앞차가 속도를 줄이더니 급브레이크를 밟았다. 그는 급하게 핸들을 꺾어서 옆 차선으로 미끄러져 들어갔다.

"엄마!"

여자의 얼굴이 차창 쪽으로 달라붙었다. 얼마나 화장을 많이 했는지 차창에 '어탁'처럼 '면탁'이 찍혔다.

"운전 좀 살살해! 이전 남친은 나 태울 때 운전 얼마나 조심했는데!"

얼굴 절반을 유리창에 붙여놓은 채 여자는 표독하게 쏘아붙였다.

"그렇게 좋은 놈이 왜 떠났지?"

"떠난 거 아냐, 내가 찬 거지!"

"왜?"

"애는 개냥이처럼 사근사근 좋았는데 격이 좀 떨어지더라."

"격이 떨어진다?"

"사법고시 출신 변호사, 개룡이거든."

"개룡?"

"개천에서 용 된 케이스. 가난한 집 애가 노력해서 성공했는데 근본은 안 바뀌더라고."

살짝 입을 일그러뜨리며 웃는 신영규의 미소가 사나운 들개처럼 보였다. 여자는 신조어를 많이도 알고 있었다. 필사적으로 어리게 보이려고 애쓰는 것 같아서 안타깝기도 했다.

"오빠는 왜 항상 긴팔만 입어?"

여자가 그의 팔을 흘끗 보며 물었다. 여름에도 항상 긴팔 와이셔츠를 입고 가죽장갑까지 끼는 이유가 궁금한 모양이었다.

"감추려고!"

"뭘?"

"상처!"

"무슨 상처?"

신영규는 굳게 입을 다물고 빈 공간으로 차를 꺾어 넣었다.

서울이 가까워지자 차들이 많아지며 속도가 현저하게 줄어들었다.

"오빠, 저거 뭐야?"

여자가 가리키는 곳을 보자 서울로 진입하는 갈림길 근처에 구급차와 고급 승용차가 추돌한 채 멈춰 서 있었다. 차주로 보이는 남자는, 연신 고개를 조아리며 부탁하는 구급대원과 아기 엄마를 무시한 채 전화만 하며 차를 비키지 않고 있었다.

"뭐야?"

"저거, 구급차가 사고 냈나 보네. 무슨 운전을 저렇게 병

신같이 해? 이 나라가 이 모양 이 꼴인 게 다 저런 놈들 때문이야!"

여자는 독설을 퍼부으며 기분이 좀 좋아진 것 같았다. 그녀의 독설은 이제 아기 엄마에게로 향했다.

"어우~ 무슨 저런 애를 살리려고 저 고생이야? 그냥 새로 하나 낳지? 진짜 안습이다!"

신영규가 속도를 줄이며 그들을 유심히 살폈다.

"그냥 가자, 오빠, 자일자알! 몰라?"

"뭐야? 그게?"

"자기 일은 자기가 알아서 해라!"

여자가 매달리며 말했지만 그는 속도를 줄이더니 사고 현장 앞에 차를 세웠다.

"오빠!!"

그러고는 여자의 코맹맹이 콧소리를 무시하고 차에서 내렸다.

"어떻게 된 겁니까?"

신영규가 그들에게 다가가서 물었다.

"뭐요? 당신은?"

뜨악한 얼굴로 되묻던 차주에게 경찰수첩을 내밀며 경위를 묻자, 그는 금방 선량한 얼굴로 바뀌었다.

"차가 막혀서 서행하던 중인데 구급차가 갑자기 뒤에서 박았어요. 그래서 수리비하고 병원비를 요구하는 겁니다."

"아닙니다. 저분이 앞에서 갑자기 끼어들어서 급브레이크를 밟았습니다. 아이가 위급해서 서두르다가 미처 못 피해서……."

구급차 운전사가 억울한 듯 울컥하며 말했다. 신영규가 손을 들어 그를 진정시키며 물었다.

"아이 상태는?"

"계단에서 떨어져서 머리를 다쳤어요. 빨리 병원에 가야 되는데……. 응급 수술이 필요할지도 모르는 상태입니다."

아이 엄마가 차주 앞에서 털썩 무릎을 꿇고 애원했다.

"선생님. 제발 부탁드립니다. 나중에 꼭 보상해드릴게요. 우선 좀 가게 해주세요."

하지만 차주는 못 본 체하며 전화만 하고 있었다. 이 쥐새끼처럼 생긴 남자는 아이의 생명보다 자신의 차가 더 중요한 것처럼 행동하고 있었다.

"그래서, 얼마를 달라는 거요?"

신영규의 물음에 차주는 당당하게 대답했다.

"우선 지금 삼백 주시면요, 봐서 추가 비용은 좀 덜 받을게. 나 아는 정비소가 있으니까. 보험사 부르면 그거 가지고는 택도 없는 거 알죠?"

차주가 당당한 얼굴로 말했다. 그의 차는 구형 벤츠였다.
부품을 구하기 힘들어서 수리비가 비싼 탓에 보험사들이 가
장 꺼린다는 차종이었다. 구급차는 피하려다가 펑크가 났는
지 차체가 한쪽으로 기울어져 있었다. 더 이상 운행은 무리
였다.

"당신이 잘못했네. 할 수 없지!"

신영규는 냉정한 얼굴로 구급대원에게 말하고 돌아섰다.
주머니에서 은단을 꺼내 몇 알을 입에 털어 넣는데 구급차 안
에서 아이의 가냘픈 신음 소리가 들렸다.

"아, 어떡해! 지민아! 지민아!"

아이 엄마가 울며 구급차로 달려갔다.

"어느 병원이오?"

신영규가 구급대원에게 물었다.

"네?

"원래 가려던 병원이 어디냐고?"

구급대원이 병원 이름을 말해주자 신영규는 아이 엄마에
게 자신의 은색 포르쉐를 가리키며 말했다.

"저 차에 타요!"

"네?"

"내 차로 병원 데려다줄 테니까 아이 데리고 타라고요."

"아! 네, 감사합니다!"

구급대원이 아기 엄마를 도와서 머리에서 피를 흘리는 아이를 차로 옮겼다.

"어! 이거 뭐야! 합의도 안 보고 가면 어떡해? 이거 뺑소니야, 알아?"

벤츠 차주가 아이 엄마를 가로막았다.

"그건 저하고 말씀하시고 우선 환자는 보내주세요!"

구급대원이 차주의 팔을 잡자 남자는 갑자기 "아야야!" 하고 비명을 질렀다.

"야! 이제 폭력까지 써? 경찰! 당신, 이거 보기만 할 거야?"

하지만 신영규는 그쪽은 신경도 안 쓰고 도로 위에 엎드려서 뭔가를 보고 있었다. 단정하게 받쳐 입은 고급 양복조끼가 먼지투성이가 됐지만 그는 뚫어지게 도로만 보았다. 무서운 집중력이었다.

"스키드 마크……."

뭔가를 발견한 신영규가 도로 위에 선명하게 찍힌 검은색 타이어 자국을 살펴보고 사진을 찍었다.

"구급대원!"

"네?"

"추돌할 때 속도가 어느 정도였지?"

"대략 시속 40키로 정도였습니다. 차가 막혀서 속도를 못 냈어요."

그 말을 들은 신영규의 입가에 비웃음이 스쳤다. 그가 휴대폰을 꺼내서 녹음 버튼을 눌렀다.

"어이, 차주 양반!"

"에? 왜요?"

"당신은 분명히 서행하고 있는데 구급차가 뒤에서 박았다고 말했지?"

"그런데요?"

"다시 한 번 확인하지. 당신은 서행하는데 구급차가 갑자기 달려와서 뒤에서 추돌했다. 맞나?"

"네, 맞다니까!"

계속 반말을 하는 신영규에게 차주도 반말을 하기 시작했다.

"분명히, 당신은 서행을 하다가 차를 세웠는데 과속하던 구급차가 달려와서 뒤에서 추돌했다?"

"그렇다니까!"

차주가 짜증스럽게 대꾸했다. 신영규가 비웃듯 '씨익' 웃었다.

"이거 보여?"

"뭐?"

신영규가 도로 위에 찍힌 타이어 자국을 손으로 가리켰다.

"여기, 당신 차바퀴가 낸 스키드 마크야. 길이가 5미터는
되지?"

"그런데?"

"일반적으로 스키드 마크는 급제동을 걸 때 생기는 거야!
뒤에서 다른 차가 추돌하면 반작용 때문에 스키드 마크는 안
생겨! 그런데 당신이 구급차하고 충돌하기 전에 이미 저렇게
깨끗한 자국이 났어!"

차주의 얼굴에 당황한 기색이 역력했다.

"묻자! 서행하다가 멈춰 서 있던 차를 뒤에서 박았는데 어
떻게 5미터짜리 스키드 마크가 생기지?"

"아니, 그건…… 저…….'

차주가 필사적으로 뭔가를 생각하려 애쓰고 있었다. 하
지만 그의 입에서는 쓸모 있는 말이 하나도 기어 나오지 않
았다.

"당신은 적어도 시속 50키로 이상으로 달리다가 급정거한
거야. 그래서 저런 스키드 마크가 생긴 거다!"

"뭐……? 아니…… 그건…… 내 차가 아니라…….'

신영규가 집게손가락을 세워서 좌우로 흔들었다.

"잘 봐! 스키드 마크가 당신 차 타이어까지 계속 이어져 있지? 벤츠C클래스 광폭 타이어!"

"당신! 역시 일부러 그런 거지?"

구급대원이 주먹을 불끈 쥐고 차주를 노려봤다.

"구급대원들이 근무 평가에 받는 불이익을 피하려고 자비로 교통사고 합의금을 주는 경우를 노리고 고의 사고를 내는 악질적인 인간들이 있지." 신영규가 비웃으며 말했다. "당신이 바로 그 악질!"

"어린아이 목숨이 위험한데 돈 때문에 그런 짓을 해? 네가 인간이냐?"

신영규가 소리치며 달려드는 구급대원을 막아섰다.

"진정해, 지금부턴 내 일이야!"

때마침 경찰차가 현장에 도착했다. 신영규는 경찰관들에게 신분증을 내보이며 차주를 가리켰다.

"저 인간 보험사기방지 특별법 위반, 살인 미수 혐의로 체포해!"

"뭐? 아냐! 나…… 난 피해자야!"

신영규의 설명을 들은 경찰관이 반항하는 차주를 보닛 위에 엎드리게 하고 등 뒤로 수갑을 채우며 미란다 원칙을 고지했다. 신영규는 휴대폰으로 당황한 차주의 얼굴과 고급차의 번호판을 찍었다.

"어? 당신…… 당신 지금, 이거 인권 침해야! 당신! 고소할 거야!"

"아, 그러시든지……."

신영규가 자신의 차로 돌아가자 차 옆에서는 구급대원과 아이 엄마가 안에 버티고 있는 여자 때문에 어쩔 줄 몰라 하고 있었다.

"뭐야? 당신들! 내가 누군 줄 알아?" 하며 악을 쓰던 여자는 신영규를 발견하고 "오빠! 이 사람들 뭐야?" 하고 물었지만, "내려!" 하는 냉정한 대답만 돌아왔다.

"뭐야? 너 미쳤니?!"

신영규는 소리를 지르는 여자를 끌어내리고 조수석에 아이와 엄마를 태운 다음 시동을 걸었다.

"야, 이 새끼야! 너 어떻게 나한테 이래?!"

"이해해라. 내가 개룡이라서 격이 좀 떨어지잖아~."

"여기 고속도론데 나보고 어떻게 하라고?!"

"자일자알! 몰라?"

신영규는 코웃음을 치며 포르쉐 지붕에 경광등을 달고 가속 페달을 밟았다. 여자는 잔뜩 '쉰' '코맹맹이 소리'로 '악'을 썼댔다. 신영규가 세상에서 가장 싫어하는 목소리가 하나 더 추가되었다.

차는 순식간에 고속도로의 빛무리 안으로 빨려들어갔다.

"정호야!"

블루투스 이어폰을 꽂고 전화를 걸자 금방 "네, 팀장님!" 하는 대답이 충실한 메아리처럼 돌아왔다.

"방금 보낸 번호판 차주, 털어봐. 이상한 거 하나라도 있으면 보고!"

"벌써 털었슴다. 누군데요?"

"응, 쓰레기……."

신영규가 흘끗 옆자리를 봤다. 아이 엄마가 아이를 품에 안은 채 기도를 하고 있었다.

"이름 김현주. 나이 44세. 벤처 사업가라는데 사기 및 횡령 혐의로 재판 중이네요."

"그리고?"

"네, 세금 포탈 혐의로도 조사받는 중임다. 야, 이 간나, 상습 고액 세금 체납자랍니다."

"그 인간 조금 전 경부선 서울 고속도로 진입로에서 사고 냈어. 고급차 타고 있던데, 국세청에 찔러!"

"알갔슴둥!"

은색 포르쉐는 갓길을 달리며 밀려 있는 수백 대의 자동차를 제치고 앞으로 나아갔다. 경광등을 울리며 거침없이 달리는 그의 뒤를 순찰 오토바이가 따라왔지만 경찰 신분증을 보이며 옆자리의 피 흘리는 아이를 가리키자 경례를 하고 물러났다. 포르쉐는 다시 속도를 올려 순식간에 오토바이를 작은 점으로 만들었다. 그 모습을 지켜보던 오토바이 경관은 부러움에 입맛을 다셨다.

차는 구급차보다 훨씬 빠른 시간에 병원에 도착했다.

미리 연락을 받은 응급실 의료진들이 아이를 받아 이동침대에 눕혔다. 아이 엄마가 신영규에게 감사하다는 말을 하려고 몸을 돌렸지만 벌써 은색 포르쉐는 굉음을 울리며 달려가고 있었다.

가죽장갑을 낀 손으로 기어를 바꾸는 그에게 전화가 걸려왔다. 낮은 목소리의 여자였다.

"팀장님!"

"복숭아! 뭐야?"

"복! 숭! 아! 임다! ■■동에서 사건인데요, 어디세요?"

"여기 ▲■병원."

"그럼 한 시간은 걸리겠네요?"

"20분만 기다려!"

다시 경광등을 켠 은색 포르쉐가 차가운 밤공기를 찢으며 도로를 달려나갔다. 사나운 스포츠카의 진동을 온몸으로 느끼며 신영규는 보일 듯 말 듯한 미소를 지었다.

에피소드 1

콩
소
메

콩소메 *consommé*

- 맑은 고깃국물로 된 수프의 일종이다.

'포타주 클레르(Potage clair)'라는 맑은 수프의 대명사로 전 세계 프랑스 식당에서 가장 많이 볼 수 있는 메뉴의 하나다. 진한 수프 종류와는 달리 연하고 섬세한 맛으로, 만드는 과정이나 시간 등에 따라 맛의 차이가 확연해서 조리사의 실력을 가장 잘 보여주는 음식이라고 한다.

다진 쇠고기에 미르푸아(mirepoix, 셀러리, 양파, 당근 등을 다진 것)와 달걀흰자를 넣어 반죽한 재료를 넣고 장시간 끓인 뒤에 졸아든 맑은 수프를 헝겊으로 걸러내고 기름기를 제거하여 완성한다. 조리사에 따라 중간에 구운 양파와 토마토를 사용하기도 한다.

맑은 수프지만 고기와 채소의 깊은 풍미가 특징이다.

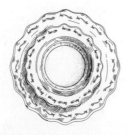

밤 9시가 넘은 주택가는 일과를 마친 뒤에 찾아오는 한적한 평화에 가만히 잠겨들고 있었다. 여름의 긴 해가 지고 각자가 집으로 돌아와서 사랑하는 가족들과 다시 만나 길지만 부족한 휴식을 준비하는 소중하고 외로운 시간. 이 정적을 찢고 은색 포르쉐가 불법 주차된 차량들을 헤치고 비좁은 골목 안으로 달려들었다. 강력한 600마력의 엔진이 경사진 도로를 평지처럼 올라가며 엄청난 소음을 내고 있었다. 흔히 보기 힘든 커스텀 은색 포르쉐에 사람들의 시선이 모였는데, 그것보다 더 눈에 띄는 것은 스포츠카 지붕에서 번쩍거리며 돌아가는 경광등이었다. 고급 외제 스포츠카가 경찰차로 쓰이는 것을 처음 본 사람들은 이 생소한 조합에 넋을 잃었다.

"와! 경찰 포르쉐다!"

한 아이가 신기해하며 휴대폰을 꺼내 촬영 버튼을 눌렀지만 스포츠카는 은색 잔영만을 남기고 이미 커브를 돌아 사라진 후였다.

높은 산을 뒤로하고 가운데의 큰길을 따라 길게 형성된 동네였다.

무국적의 못생긴 건물들이 콩나물시루처럼 빽빽이 들어선 사이로 이기적으로 주차된 차들이 빈틈없이 서 있어서 불이라도 난다면 소방차가 다닐 공간도 없어 보이는 답답하고 삭막한 곳이었다.

엄정한 법의 잣대를 들이대면 잘못된 곳 천지였지만 감히 어디서부터 손을 대야 할지 알 수 없을 정도로 모든 것이 엉망이어서 손을 쓸 수조차 없었다.

'경찰 포르쉐'는 산비탈이 시작되는 곳에 있는 한 빌라 옆에 멈춰 섰다. '나주연립'이라는 빛바랜 금빛 글자들이 이 건물의 나이를 말해주고 있었다.

이미 빌라 근처에는 경찰차와 과학수사팀 차량이 도착해 있었다. 어수선한 분위기와 번쩍이는 불빛들에 이끌려 나온 동네 사람들이 주변에 모여서 궁금한 얼굴로 서로의 추측과 상상이 뒤섞인 정보를 나누고 있었다.

포르쉐에서 맞춤 양복 차림의 남자가 내려서더니 장갑을

벗어서 차 안에 던져 넣고 주머니에 손을 넣었다. 그가 손목에 찬 롤렉스시계의 다이아가 경광등 불빛에 반짝거렸다. 남자답게 생긴 얼굴에 거칠게 자란 수염이 야성적인 멋을 더해 주었다. 그를 보자, 모여든 동네 아주머니들의 술렁임이 더 커졌다.

"도착했다. 어디야?"

신영규 형사가 귀에 걸려 있는 블루투스 송신기를 누르며 말하자, "4층임둥!"이라는 대답이 들려왔다.

4층짜리 빌라를 올려다보던 그는 이상한 점을 발견했다. 4층에만 불이 켜져 있고 다른 층에는 모두 불이 꺼져 있었다. 거기다가 집 전체가 무슨 요새 같아 보였다. 최근에 설치한 것이 분명한 이중 셔터가 달린 입구부터 특수 설계된 가시철망이 촘촘하게 붙어 있는 가스 배관까지, 아무리 솜씨 좋은 도둑이라도 오르기가 쉽지 않아 보였다. 거기다가 현관에서부터 로보캅처럼 생긴 CCTV가 빨간 불빛을 반짝이며 돌고 있었다. 함부로 들어가면 레이저라도 쏠 기세였다.

또 하나 특이한 것은 이 빌라가 산자락의 끝에 위치해 있어서 건물 뒤쪽으로는 전혀 인가가 없다는 것이었다. 도둑이 뒷산을 넘어간다면 추적이 어려울 것 같았다.

입구를 지키고 있던 경관의 경례에 고개를 끄덕이며 나주 연립 입구로 들어서던 신영규는 과장되게 인상을 찌푸리며 풀어지기 직전인 경관의 상의 단추를 손가락으로 가리켰다.

"야! 정신 안 차려?"

"시정하겠습니다!"

그는 서둘러 복장을 바로잡는 경관을 노려보다가 안으로 들어갔다. 계단을 올라가면 한 층에 좌우로 두 집이 배치된 전형적인 구조였다. 이상한 점은, 어느 집에도 인기척이 없었다는 것이다. 이 정도로 시끄러우면 나와볼 만도 한데, 어느 한 집 문을 여는 곳이 없었다. 각 세대 현관문에는 일반적인 버튼식 도어록이 아니라 전문가도 열기 어려워할 복잡한 전자자물쇠가 달려 있어 고블린의 은행 금고처럼 튼튼해 보였다.

엘리베이터도 없는 빌라의 4층까지 빠르게 걸어 올라갔지만 신영규는 조금도 힘든 기색이 없었다.

"오셨습네까!"

먼저 현장에 나와 있던 젊은 남자가 인민군을 흉내 낸 장난스런 경례를 붙였다. 소문난 까칠남도 '피식' 하고 웃음을 던졌다. 까다로운 신영규의 주위에서 꿋꿋이 배겨내는 건 이 넉살 좋은 김정호 형사뿐이었다.

"충성!"

현장에 먼저 와 있던 복승아 형사도 짧게 경례했다.

은단 몇 알을 입에 던져 넣으며 신영규는 현장을 둘러봤다. 학생 때부터 그는 은단이 집중력을 높여준다고 믿고 있었다. 습관대로 고개를 갸우뚱한 채 왼쪽 눈을 가늘게 뜨고 주변을 살펴보기 시작했다.

집 안은 깔끔하게 정리되어 있었고 벽에는 그림들이 촘촘하게 걸려 있었다. 마치 미술관 같았다. 가지런히 놓인 난초 화분들도 손질이 잘되어 있어 집주인이 어떤 사람인지 짐작할 수 있었다.

"피해자는?"

"저쪽입니다."

김정호 형사의 안내를 받아 안방으로 들어가자 고운 한복 차림으로 침대 위에 잠든 듯 누워 있는 뚱뚱한 60대 여인의 사체가 보였다. 신영규는 감식반원이 터뜨리는 카메라 플래시 불빛에 눈살을 찌푸렸다.

뭔가 체념한 듯 공허하게 뜬 여인의 두 눈이 천장을 향하고 있었다.

촬영을 마친 과학수사대원이 다시 여인의 얼굴 위에 수건을 덮어놓았다.

"저 수건…… 원래 저랬나?"

"네. 최초 발견자가 들어왔을 때 얼굴에 덮여 있었답니다."

"얼굴 위에 수건이라…… 죄책감의 표현이군?"

"면식범일까요?"

"그럴 가능성이 크지. 피해자 사인은?"

"사인은 분명합니다. 교살입니다."

"목을 졸랐다! 신원은?"

김정호 형사가 태블릿PC를 보며 읽기 시작했다.

"이름 김갑분, 나이 65세. 이 나주연립의 건물주로 여기 4층에서 혼자 살고 있었습니다. 상당한 자산가로 남편은 없고 슬하에 아들이 하나 있습니다."

감식반원들이 옮겨 가자 신영규는 한쪽 눈을 가늘게 뜨고 피해자를 살펴봤다. 나이보다 더 늙어 보이는 외모였다. 요즘 노인들은 외모에 신경을 많이 쓰는데, 재력가면서 이렇게 방치한 것이 이상했다. 남자처럼 거칠게 튼 손도 건설노동자의 것처럼 보였다.

"이상한데……."

"뭐가요?"

"현장이 지나치게 깨끗해!"

침대를 살피던 신영규는 침대보가 시체 쪽으로 말려 올라간 것을 발견했다.

"다른 곳에서 죽여서 침대 위로 끌고 온 것 같은데? 이 할머니 60킬로는 훨씬 넘어 보이는데……."

"남자가 아니면 힘들겠는데요." 하는 김정호 형사의 말에 복숭아 형사가 바로 "어? 여자 무시하십니까? 힘센 여자도 많습니다!" 하며 이의를 제기했다.

신영규는 피식 웃으며 고개를 끄덕였다.

"그래, 힘센 여자도 가능하지!"

사체의 얼굴에는 진한 화장이 되어 있었다.

"어려 보이려고 애 많이 썼네요. 화장이 좀 과한데?"

복숭아의 말대로 피해자는 꼭 가요무대에 선 가수처럼 보였다.

"이렇게 손은 거친데 화장은 진하다?"

"고거이 바로 여자 마음 아님메?"

김정호의 말에 복숭아가 바로 "연애고자가 여자 마음은 무슨?" 하고 비웃었다.

"뭐이가 어드레?"

티격태격하는 두 사람을 무시하고 신영규는 방 한쪽의 옷장으로 가서 문을 열었다. 안에는 고인의 나이에 비해 젊어 보이는 옷들이 많이 걸려 있었다. 아래쪽의 서랍을 열자 여러 종류의 야한 속옷들이 들어 있었다. 그가 고개를 갸우뚱했다.

"대부분, 최근에 산 옷들이야!"

옷에 제거하지 않은 백화점 태그가 붙어 있었다. 모두 같은 백화점이었다.

"최근에 남자가 생겼군!"

"그래요?"

"나이에 비해 어려 보이는 옷들을 한꺼번에 구입했다…… 상대는 젊은 남자야!"

"저 나이에요?"

"모든 생명은 욕심이 있다! 욕심은 생명의 본질이야."

"어렵습네다."

"이제 그 '애인'만 찾으면 사건 종결이다! 사망추정시간?"

"어젯밤 11시에서 12시 사입니다."

"CCTV 확보했어?"

"아뇨, 없던데요."

"1층에서 올라올 때 봤는데……."

"아, 그거 가짭네다. 그냥 위협용이디요."

"뽕브라구만……."

"다 먹힙네다. 인생 뭐 별거 있네?"

"아는 척하긴, 실물은 본 적도 없으면서!"

복승아의 빈정거림에 김정호가 발끈했다.

"야 이씨, 내가 실물을 봤는지 안 봤는지 니가 어떻게 알아? 확, 그냥!"

"닥쳐!"

신영규가 살짝 인상을 쓰자 김정호와 복승아는 바로 입을 닫았다.

"어쨌든 이 빌라는 현관 말고는 외부에서 침입이 불가능하다."

신영규가 결론을 지었다.

"누가 발견했지?"

"두 사람입니다. 이복자. 62세. 이웃에 사는 할머니랍니다. 오후 5시경에 놀러 왔다가 발견했답니다. 같은 시간에 김상구. 42세. 택배기사입니다. 이복자 씨와 입구에서 만나서 같이 올라왔답니다."

김정호가 태블릿PC를 보며 대답했다.

"문이 잠겼을 텐데 여기 어떻게 들어왔지?"

"근처 빌라에 사는 이웃집 할머니 말이 택배기사가 주인집에 전화를 해도 안 받고 문도 안 연다기에 자기가 비번을 누르고 들어왔답니다."

"비번을 알고 있었다?"

"피살자가 건망증이 심해서 일부러 비번을 알려줬답니다. 가끔 전화로 비번을 묻곤 했답니다."

"두 사람 어디 있어?"

"이웃집 할머니는 저쪽에 있습니다."

"알리바이는?"

"두 사람 다 확실합니다. 어젯밤 택배기사는 물류센터에 12시까지 있었고 이복자 씨는 10시부터 자고 있었다고 가족들이 증언했습니다."

복숭아가 대답했다.

"가족들이 같이 살아? 복 많은 늙은이네?"

"개인화물차 운전하는 아들, 며느리, 손자랑 같이 산답니다. 이웃들도 모두 화목한 가정이라고 증언했습니다."

부엌의 식탁의자에 자그마한 체구의 할머니가 앉아서 "애고, 애고!" 하며 울고 있었다. 오랜 이웃이라더니 자기 집처럼 냉장고 문을 열고 물을 꺼내서 마시는 모습이 몹시 자연스러웠다. 젊어서 고생을 많이 했는지 거친 손에 건선까지 있었다.

"저 체구로 피해자를 들어서 옮겼을 리는 없고……."

세 형사는 이웃집 할머니에게 다가갔다. 집 안 가득 들이닥친 경찰들을 보는 할머니의 눈빛에 두려움과 호기심이 반반

섞여 있었다.

"할머니, 여기 빌라에 왜 사람들이 안 살죠?"

느닷없는 신영규의 질문에 이복자는 놀라서 쳐다보다가
조금 후에 입을 열었다.

"언니가 세입자들을 다 내보냈어요."

"왜요?"

"세 달 전에 여기 도둑이 들어서 집집마다 가재도구들을
싹 다 훔쳐 갔더랬어요. 아예 이삿트럭을 세워놓고 1층부터
3층까지 몽땅 털어갔대요. 다행히 여기 주인집만 못 들어왔
어요."

"그래서 건물 전체에 이렇게 보안장치를 해놨다?"

"언니가 전세금 다 빼주고 여기 빌라를 개축했어요."

"여섯 가구 전세금을 전부 다요? 어휴, 능력자시네."

"언니가 이전에 장사해서 돈을 많이 벌었어요. 이 빌라도
그 돈으로 지었죠."

"무슨 장사를 했는데요?"

"큰 식당을 했더랬죠."

"아, 그래서 집에 뚝배기가 많았구나."

김정호 형사의 말에 부엌을 둘러보자 마치 박물관에 디스
플레이를 한 것처럼 많은 뚝배기들이 찬장 안에 가득 쌓여

있었다.

　냉장고 문짝에 옛날 신문기사를 오려놓은 종이가 붙어 있었다.

　'나주댁 설렁탕. 주인 할머니 인심만큼 깔끔한 맛'이라는 제목이 보였다.

　사진 속에는 웃는 얼굴의 피해자가 뚝배기에 김이 모락모락 나는 국물을 퍼 넣고 있었다. 그 뒤로 스무 개가 넘어 보이는 테이블에 모두 손님이 앉아 있었다.

　"야, 식당 크게 하셨구나."

　"언니가 재벌이었죠."

　이복자가 살짝 비꼬는 투로 말했다.

　"자녀가 있었나요?"

　"아들 하나요. 미국 가서 살다가 이혼하고 돌아와서 사업 준비한대요."

　"아드님이 계신데 이혼하고 돌아왔다?"

　"어? 네, 그게…… 그렇죠."

　이복자는 갑자기 당황하며 말을 얼버무렸다.

　"잘은 몰라요, 나도……."

　신영규가 김정호 형사를 옆으로 불러냈다.

　"피해자 아들, 알아봤어?"

"지금 경관이 데려오는 중입니다. 확인했는데 어젯밤에 알리바이가 확실하답니다."

"그래?"

갑자기 신영규가 이복자에게 물었다.

"고인이 만나는 남자가 있었나요?

사나운 형사의 눈빛에 늙은 여인은 고개를 돌렸다.

"어…… 없었어요. 그냥 좋아하는 사람은 있었는데……."

"좋아하는 사람? 누구요?"

이복자가 망설이다가 조심스럽게 말했다.

"위, 옥탑방 사는 유 선생……."

"옥탑방, 유 선생?"

"소설 쓰는 양반인데, 언니가 문화센터 갔다가 만나서는 아예 집에 들이고 옥탑방을 내줬어요."

"피해자 옷장 안에 새 옷이 많던데 유 선생 때문에 산 건가요?"

"그렇죠, 뭐…… 저도 몰라요, 자세히는……."

빼면서도 할 말은 다 하는 이복자가 신영규는 왠지 얄미워 보였다.

"피해자, 평소 남자관계가 어땠나요?"

"아유, 언니가 신혼 때 남편 여의고 평생 혼자서 아들 하나

키우면서 일만 했어요. 나중에 가게 문 닫고도 좋아하는 그림 사 모으고 소설 배우는 거 말곤 남자도 안 만났어요. 그러던 게 저 유 선생 만나면서…… 아유, 늦바람이 무섭다고…….”

이복자의 신세한탄은 다시 “애고, 애고, 우리 불쌍한 언니.”로 시작하더니 “평생 고생하면서 자식새끼 공부시키고 좀 살 만하니까 이게 무슨 일이야!”로 이어져서, 마지막에는 “형사님, 나 언제 집에 가요?”로 끝이 났다. 신영규가 눈짓을 하자 김정호 형사가 여경을 불러서 집으로 보내도록 했다. 물어볼 것이 있으니 당분간은 멀리 가지 말라는 당부도 잊지 않았다.

“도난품은?”

“저 할머니는 없는 것 같다지만 피해자 가족을 불러서 확인을 해봐야 합니다.”

“없어진 게 없다?”

신영규는 다시 한 번 집 안을 둘러봤다. 다른 것보다 벽에 걸린 그림들이 유난히 눈에 띄었다. 대부분 동양화로 한눈에 봐도 값이 꽤 나갈 것 같은 오래된 고서화였다. 만약 돈을 노린 외부 침입자라면 이 그림들을 그대로 뒀을 리가 없다. 주변인의 우발적 범행이라는 방향으로 더 심증이 가는 이유였다.

그중 거실 한가운데에 걸린 거대한 붉은 말 그림에 신영규의 시선이 꽂혔다. 관우의 적토마를 그린 것 같은 생동감 넘치는 그림은 한국이 아니라 중국의 화풍이었다. 화풍뿐만 아니라 그림의 크기도 다른 그림들과 조화가 맞지 않았다. 그림의 간격도 이상했다. 큰 그림을 억지로 끼워 넣은 듯 좌우의 그림과 너무 가까이 붙어 있었다.

그는 한쪽 눈을 찡그리고 고개를 갸우뚱한 채 거대한 말 그림의 이곳저곳을 관찰했다. 이 말 그림은 다른 고화와 달리 벽에 걸린 지 그리 오래된 것 같아 보이지 않았다. 그는 곧바로 휴대폰을 꺼내 들고 어플을 켰다. '수평계' 어플이었다. 그림은 전체적으로 살짝 비틀린 채 걸려 있었다. 좌우의 그림들이 정확히 수평을 유지하고 있는 것과 대조적이었다.

복숭아가 손을 뻗어 올려 적토마 그림이 든 액자 윗부분을 슥 닦았다. 그리고 손에 먼지가 묻지 않은 것을 확인하고 왼쪽 옆에 있는 그림의 액자 위도 손으로 닦은 뒤 살펴봤다. 회색 먼지가 잔뜩 묻어 나왔다. 이번에는 오른쪽 위의 액자도 손으로 닦아보았다. 역시 먼지가 묻어 나왔다.

"이 그림만 최근에 걸었네요!"

말 그림 액자의 못이 박힌 부분도 살펴보자 그림을 지탱하는 못이 다른 그림을 지탱하는 못과 달랐다. 다른 그림들은 모두 드릴로 구멍을 뚫고 플라스틱 앵커를 박은 뒤에 나사못을 끼워 고정시킨 것이지만 유일하게 여기만 일반 콘크리트못이었다.

"서둘러서 못을 박았나 봅니다. 못 주위가 지저분한데요?"

김정호 형사의 지적대로 못 주변이 거칠게 마모되어 있었다.

신영규는 김정호 형사와 복승아 형사에게 말 그림을 들어 내리게 했다. 그림을 밑으로 내리자 벽에 말 그림보다 확연히 작은 사각형의 먼지 형태가 희미하게 남아 있었다.

"빙고!"

그는 긴 손가락으로 한 뼘 두 뼘 사각형의 크기를 재보더니 옆의 그림 크기와 비교했다.

"비슷한 크기야. 이 사라진 그림이 이 사건과 관계가 있는 거겠지!"

그는 고개를 옆으로 기울이며 한쪽 눈을 가늘게 뜨고 거실 벽을 노려보았다.

"자, 그럼."

김정호 형사가 위쪽을 가리켰다.

"젊은 애인을 만나러 가볼까요?"

세 형사는 현관을 나와 옥상으로 올라갔다. 녹색 방수 코팅이 풀밭처럼 펼쳐져 있고 그 한가운데에 초원 위의 집 같은 옥탑방이 서 있었다. 전체적인 구조가 원래 창고 용도가 아니라 주거 용도로 지어진 것처럼 보였다. 여름에 덥고 겨울에 추운 여타의 옥탑방과는 다르게, 넓은 차양에 두꺼운 벽이 있는 안락한 건물이었다. 흔히 말하는 로열 옥탑방이었다.

"이거, 완전 별장인데?"

입구에 서 있던 경관이 세 형사에게 경례를 했다. 열려 있는 커다란 창 너머로 보이는 방 안에는 창백한 얼굴에 뿔테안경을 쓴 마른 남자 하나가 의자에 앉아 있었다. 그는 몹시 놀라고 당황한 표정으로 낡은 휴대폰으로 누군가와 전화를 하고 있었다.

"아뇨, 저는 모르겠어요. 어제 밤새 원고 쓰다가 아침에 자고 조금 전에 일어났는데 경찰들이 와서……. 아뇨, 저희 주인집 아주머니가…… 살해당했어요!"

'제가 그쪽으로 갈게요!'라는 격앙된 여자 목소리가 휴대폰을 통해 들려왔다.

"죄송하지만 저희 집으로 전화 좀 해주세요, 아까부터 전화를 안 받으세요. 제가…… 전화를 못 하게 될 것 같아서…… 부탁드릴게요. 번호 찍어드릴 테니까, 제 부모님께 사정을 좀 전해주세요."

"신원?"

마른 남자를 턱으로 가리키며 신영규가 물었다. 김정호 형사가 태블릿PC를 보며 대답했다.

"나이 서른. 이름 유치한……."

이름에서 세 사람의 코웃음이 동시에 터져 나왔다.

"아버지가 아들을 미워했나? 뭐하는 친구야?"

"소설가랍니다. 2000년도 신춘문예로 등단했고 소설책 세 권을 출간했지만 알려지진 않았습니다."

"한국에서 문학은 이미 죽었어. 사람들이 원하는 건 문학이 아니라 삭막한 현실에서 벗어날 재미있는 이야기야! 그걸 모르니까 글쟁이들이 굶어 죽는 거야."

"그래도, 좋은 작가도 많잖습까?"

"작가 이야기가 아니다. 우리 사회 시스템이 이미 문학을 버렸다는 거야. 한국 작가가 노벨 문학상 받을 가능성은 영원히 사라진 거지."

김정호 형사는 하려던 말을 꿀꺽 삼켰다. 신영규와 토론을 하는 건 절대로 좋은 생각이 아니다!

"그러고 보니, 이 상황이 뭔가를 암시하는 것 같지 않아?"

"네?"

"가난한 청년 소설가와 악덕 집주인…… 완전히 '죄와 벌'* 이잖아?"

김정호 형사가 고개를 갸우뚱했다.

"몰라?"

"거저, 대부분의 명작이 그렇듯 이름은 들어봤지만 읽어본 적은 없습네다. 거저."

"너도?"

복승아 형사가 태연하게 대답했다.

"저는 옛날에 책하고 절교했습니다. 서로 안 보는 게 속 편해서요."

"거저, 이 무식한 간나들! 반성하라우!"

비웃는 듯한 미소가 신영규의 얼굴에 번졌다. 하지만 김정호와 복승아는 그것이 악의 없는 그의 진짜 웃음임을 알고 있었다.

"죄책감을 가진 면식범이라…… 프로파일링하고 완전히 일치하는데…… 자세한 건 서에서 듣지. 데려가!"

김정호 형사가 신호하자 제복경찰 두 명이 소설가라는 마른 남자에게 다가갔다. 그들은 미란다 원칙을 고지하고 마른 남자의 손에 수갑을 채웠다.

"왜 이러세요? 전, 전 아닙니다. 아니라고요."

★ 도스토옙스키의 장편소설. 가난한 대학생 라스콜니코프는 정의를 실현한다는 신념으로 고리대금업자 노파를 죽이지만 후에 심리적인 압박감에 시달린다.

"라스콜니코프는 자수를 택했는데, 현실은 소설과 다르 구만……."

신영규는 옥탑방 안으로 들어가서 내부를 둘러보았다. 소설가답게 산사태를 일으킬 만큼 엄청난 책이 좁은 방 안을 가득 채우고 있었다. 그 많은 책 중에서 그는 작가 이름이 '유치한'이라고 되어 있는 소설을 꺼내서 책을 펼쳐본 뒤 김정호 형사에게 건넸다.

"증거물 1호."

책상 위에는 최근에 본 듯 펼쳐져 있는 책이 있었다. '프랑스요리 대백과'였다.

"증거물 2호."

신영규는 두 번째 책을 복승아 형사에게 건넸다.

책 두 권을 봉투에 담아서 챙긴 일행은 다시 4층으로 내려갔다.

그들을 따라서 중년 남자 하나가 큰 들통을 두 손으로 들고 집 안으로 들어왔다.

"어? 여기 왜? 어머니! 저희 어머니 어디 계세요? 어머니?"

남자는 다소 과장된 몸짓으로 들통을 바닥에 팽개치듯 내려놓았다. 뚜껑이 열리며 뽀얀 설렁탕 국물이 왈칵 넘쳐흘렀다. 아들은 서재와 부엌을 두리번거리다가 안방 침대에 누워 있는 고인을 발견하고 울며 달려들었다. "어머니! 어머니!"를 외치며 사체를 흔드는 남자를 경찰들이 붙잡아 말렸다. 김정호 형사는 남자가 진정할 때를 기다렸다가 몇 가지 질문을 했다.

"이름 성종규, 나이 43세. 맞습니까?"

"네."

"피해자가 어머니시죠?"

"네."

성종규가 손수건을 꺼내서 눈물을 닦았다. '미리의 손수건'이라는 여자아이가 좋아하는 인형 브랜드의 상품이었다.

"어젯밤에 여기 오신 적이 있습니까?"

"아뇨, 저는 어젯밤에 설렁탕을 만들고 있어서 집을 나올 수가 없었습니다."

"집이 따로 있나요?"

"예, 여기서 걸어서 30분 거리에 있는 오피스텔에서 살고 있습니다. 요즘에는 어머니가 하시던 가게를 다시 이어보려고 어머니께 설렁탕을 배우던 중이었어요. 그런데 이렇게……."

성종규가 다시 복받치는 감정에 울음을 터뜨렸다.

"어젯밤 10시에서 12시 사이에 집에 있었던 걸 증명해줄 사람이 있나요?"

"아뇨…… 하지만 이 설렁탕이 증명해주지 않을까요? 어머니 설렁탕은 8시간 이상을 계속 저으면서 끓여야 되기 때문에 중간에 자리를 비울 수가 없어요. 중간에 불을 끄면 누린내가 심해져서 망치거든요. 아! 그리고 보니 12시쯤에 이웃들에게 완성된 설렁탕을 돌렸어요. 그거면 될까요?"

"밤 12시에 설렁탕을 돌렸다고요?"

"아, 네! 잘 완성된 게 너무 기뻐서…… 그래도 다들 좋아하던데요?"

성종규가 망연자실한 채 거실 쪽을 멍하게 쳐다보고 있었다. 신영규가 그의 시선을 놓치지 않고 물었다.

"저기 원래 무슨 그림이 있었죠?"

"네? 저기 있는 게 원래 그림인데요?"

그가 표정을 찌푸리며 말했다.

"말 그림 뒤에 작은 액자 모양으로 자국이 남아 있더군요, 최근에 그림을 바꾼 것 같은데…… 모르시나요?"

"아니요, 제가 본 건 저 그림뿐입니다. 어머니가 항상 그림을 옮기곤 하셨으니까…… 새로 바꾸셨나 보죠."

"그렇군요."

김정호 형사가 고개를 끄덕이며 전자펜으로 태블릿PC에 진술을 기록했다.

"알겠습니다. 우선 선생님 알리바이를 확인해야 되니까 경찰관하고 같이 가셔서 확인 좀 부탁드립니다."

"그럼 저희 어머니 시신은 어쩌나요?"

"살인사건으로 판명된 이상 부검을 해야 합니다. 우선 국과수로 보내서 부검하고 결과 나온 뒤에 장례 절차를 밟으셔야 될 겁니다."

김정호 형사가 설명을 마치자마자 신영규가 느닷없이 물었다.

"따님이 있나요?"

"네? 네…… 그걸 어떻게……."

"그 손수건, 인형 브랜드에서 나온 상품이죠? 제 조카도 그 브랜드를 좋아해서 방 두 개를 다 거기 인형으로 채웠더군요. 보통 남자라면 그런 손수건을 가지고 다니는 게 자랑할 만한 일은 아니지만 딸바보 아빠는 다르죠. 그 손수건, 따님 거죠?"

"네. 맞아요.

"또 하나 특이한 건, 보통 할머니, 할아버지들은 집 안에 손주들 사진 하나쯤은 놔두고 사는데 여기는 그런 사진이 하나도 없네요. 가족들하고 사이가 안 좋으셨나요?"

성종규는 거북한 표정으로 입을 닫았다. 신영규가 비웃듯 입을 비틀어 웃었다.

"보통은 남의 가정사 상관 안 해요. 하지만 지금은 그런 단서들이 사건 해결에 도움이 될 수 있어요."

체념한 듯 한숨을 쉬고 성종규가 입을 열었다.

"아내가 미국 여잡니다. 백인과 히스패닉 혼혈이죠. 처음 만난 날, 어머니는 제 아내를 잡종이라고 불렀어요. 그 뒤로 한 번도 아내와 딸을 만나신 적이 없습니다."

"그렇군요. 혹시 따님하고 부인 사진 있습니까?"

"네, 여기……."

성종규는 휴대폰을 꺼내 사진을 보여주었다. 작은 체구의 예쁜 서양 여자와 혼혈의 귀여운 여자아이가 방긋 웃고 있었다.

"딸 이름이 뭔가요?"

"미셸, 미셸 성(Michelle Sung)입니다."

딸의 사진을 보는 성종규의 눈가가 다시 촉촉해졌다.

"너무 귀엽네요. 잘 봤습니다."

신영규가 신호하자 제복 경찰 두 명이 다가왔다.

성종규는 눈물을 닦으며 제복 경찰과 같이 밖으로 나갔다.

"사라진 그림과 살인사건이라……."

"아들은 모르는 눈친데요?"

"이 설렁탕 재벌 할머니는 말야, 집 안을 미술관처럼 만들어놓고 귀여운 손녀도 안 보고 사셨다고. 고집불통에 집착이 아주 강한 사람일 거야."

잠시 생각하던 신영규의 눈에 성종규가 가져온 들통이 보였다.

"저거 맛 좀 볼까?"

국자와 그릇을 가져온 김정호 형사가 들통 안에서 설렁탕 국물을 퍼서 건넸다. '후룩' 하고 한 모금 맛을 본 신영규가 국물을 몇 번 입안에서 우물거리다가 그릇에 뱉어냈다.

"적당히 잘 만들었군."

따라서 맛을 본 김정호 형사는 꿀꺽 삼키며 말했다.

"그냥 평범한 맛인데요?"

"이 정도가 적당한 거야. 대량으로 만들어서 손님들을 맞으려면 오히려 너무 튀지 않아야 돼. 밸런스가 무난해. 바디감은 약하지만 MSG를 넣어서 맞췄어. 평범한 체인점 설렁탕집 맛이야."

"무슨 와인 품평하십네까? 거저……."

"닥치라우!"

그때였다. 갑자기 집 안의 공기가 달라졌다.

경찰 제복 차림의 남자와 양복 차림의 남자 하나가 집 안으로 들어오자 현장에 있던 경찰 모두가 일제히 제복 차림의 남자를 향해 기립하며 경례했다. 경찰서장인 '조용한'이었다. 서장이 현장에 직접 방문하는 것은 지극히 이례적인 일이어서 모두가 긴장했다.

신영규 형사도 차렷 자세로 경례하다가 서장 옆의 양복 차림 남자를 보고는 인상이 구겨졌다. 그 남자의 모습을 본 복승아 형사의 표정도 굳어졌다.

"야, 이게 누구야?"

김정호 형사가 반갑게 손을 내밀었다.

"오랜만이야. 김 형사!"

양복 차림의 남자가 그의 손을 맞잡았다. 그의 옷차림은 특이했다. 옛스러운 스타일의 양복에 중절모까지 쓰고 있었지만 놀랄 만큼 그와 잘 어울렸다. 마치 1950년대 할리우드 영화에서 튀어나온 것 같았다. 조용한 서장이 신영규 형사에게 고개를 끄덕였다.

"신 형사. 이 친구 잘 알지?"

"김건!"

신영규가 노려보며 말했다.

"너! 여기서 뭘 하는 거야?"

양복 남자는 우아하게 중절모를 벗어 가슴에 대고는 고개를 숙였다.

"민간조사원 김건, 인사드립니다. 무슨 일이든 최선의 결과를 내겠습니다."

"이 자식이!"

자신을 놀리는 것 같은 김건의 행동에 화가 나 달려드는 신영규를 김정호 형사가 막아섰다.

"이 친구 인사법이 원래 그래요. 워워……."

"내가 대신 설명하지."

조용한 서장이 나서자 신영규는 잡힌 손을 뿌리치며 옷매무새를 고쳤다.

"최근 경찰이 범인을 검거하는 과정에서 무고한 시민을 범인으로 오인 체포하는 빈도가 갈수록 높아지고 있다. 이미 금년에만 50건이 넘었고 법원에서 판결한 손해배상 비용만도 100억을 웃돈다. 여론이 시끄러워져서 법무부 직속 내사과가 조사에 착수한다는 첩보가 있었다. 그래서 우리도 민간 전문가의 협조를 얻기로 했다."

"저놈이 그 전문갑니까?"

"여기 김건 씨는 경찰 출신 민간조사원으로 수많은 사건을 해결한 경력이 있다. 독자적인 이론을 가지고 사건을 분석하는 특출한 능력을 가진 사람이니 도움이 될 거야. 국과수에 있는 친구한테 이 사건 증거 분석에 우선순위를 달라고 부탁해놨어. 결과는 빨리 나올 거야."

"거절하겠습니다!"

"이건 명령이야! 경찰 상부 결정이다!"

신영규는 불만 가득한 표정으로 입을 닫았다.

"그럼 이해한 것으로 믿겠네. 김정호 형사!"

"네!"

"앞으로 수사정보를 김건 조사원과 공유하도록!"

"알갔습네다! 아니, 알겠습니다!"

"그럼, 수고하게."

경례할 틈도 주지 않고 돌아서서 나가는 서장의 등 뒤에서 신영규가 김건에게 쏘아붙였다.

"아직도 '문제생물설' 팔아먹냐?"

"'문제 유기체설'이죠."

날선 신영규의 질문에 김건이 미소를 잃지 않고 대답했다.

"문제는 그 자체로 살아 있는 생물입니다. 자기 스스로 조직화하는 오토포이에시스(autopoiesis). 그러니까 문제의 사이클을 잘 관찰하면 답은 반드시 보입니다."

"그런 거 볼 시간에 사건을 해결하는 게 낫지 않나?"

"선배님의 문제는 문제를 너무 빨리 해결하려고 하는 겁니다."

"내가 경찰 된 이유가 그거야. 세상 문제 빨리 해결하려고!"

"문제를 빨리 풀려고 해선 안 됩니다. 문제가 풀리기 전까지 문제와 함께 살아가는 방법을 배워야 되죠."

"하아!"

신영규가 깊은 한숨을 쉬었다.

"무슨 궤변이야? 문제는 풀라고 있는 거야! 문제가 바로 고통이라고! 그런데 문제하고 같이 산다고?"

"문제가 바로 고통이라는 생각이 잘못된 거죠. 문제는 하나의 생명과 같습니다. 문제가 일어나려면 먼저 자라날 환경이 만들어져야 되고 발아 조건이 충족됐을 때 비로소 문제가 태어납니다. 그리고 문제는 환경에서 양분을 받아 다시 다른 문제와 연결되며 성장하는 거죠. 그런 사이클을 이해해야 문제 자체가 보이기 시작하는 겁니다. 그때가 바로 문제를 해결할 때인 거죠."

"시간 낭비다! 넌 네 방식대로 문제와 같이 살아라! 난 내 방식대로 '속전속결'할 테니까! 내일이면 범인 잡힐 거다. 뉴스 잘 봐라."

"'문제 유기체설'에서 사람은 조건에 불과해요. 모든 사건은 고유의 패턴을 지닌 독립된 '흐름'이죠!"

신영규는 김건의 말을 뒤로하고 인상을 쓰며 밖으로 나가 버렸다. 그 뒤를 다른 두 형사가 황급히 따라나섰다. 김건은 경찰청에서 준 '민간조사원' 표찰을 목에 걸고 마치 미술관을 구경하듯 여유롭게 집 안을 돌아보기 시작했다. 그의 시선도 거대한 말 그림에 멈췄다. 그의 고개가 옆으로 갸우뚱하고 기울어졌다.

조사실의 분위기는 언제나 싸늘한 겨울 같다.

모든 것이 금속과 플라스틱으로 만들어진 고시원 쪽방 같은 작은 조사실은, 이곳을 거쳐 간 수많은 사람들의 원한이 서렸는지 한여름에도 에어컨이 필요 없을 것처럼 서늘했다. 유치한이 이곳에 들어서면서 떠올린 첫 번째 생각은 솔제니친이 쓴 '이반 데니소비치의 하루'의 한 장면이었다. 혹한의 수용소에서 관리의 취조를 받는 기분이 바로 이렇지 않을까?

"빨리 앉아!"

신영규 형사가 뒤에서 그의 어깨를 밀자 유치한의 가느다란 몸이 휘청했다. 옛날과 달리 요즘의 경찰들은 참고인에게 폭행이나 고문을 하지 않는다. 하지만 그들은 폭력과 비폭력의 경계에 걸쳐 있는 위협을 즐겨 사용한다. 유치한이 튼튼한 플라스틱과 철재로 만든 의자에 앉자마자, 신영규가 서류철을 철제 테이블 위에 쾅 하고 내리친 것도 바로 이런 테크닉이었다. 유치한은 놀라서 몸을 움츠렸다. 신영규가 그를 노려보며 코웃음을 쳤다.

"왜 그랬어?"

"뭘…… 말입니까?"

"왜 주인 할머니를 죽였냐고!"

두 손으로 책상을 짚고 선 채 달려들 듯 노려보며 소리치는 신영규의 기세가 매서웠다.

"저는…… 죽이지 않았습니다."

유치한은 담담하게 말하려고 애썼지만 점점 위축되는 기분까지 막을 수는 없었다.

"집주인이 미웠나? 집세를 독촉했어? 뭐 때문에 죽이게 된 거야?"

"미워한 적 없습니다. 오히려 감사했습니다. 저를 그 집에 살게 해주신 분입니다. 그런 분을 제가 왜 미워하겠습니까?"

"그럼 월세는? 월세도 독촉한 적이 없나?"

"월세는 30만 원이었고 저는 한 번도 월세를 밀린 적이 없습니다!"

"돈을 빌린 적도 없고?"

"없습니다! 월세 내고 나면 한 달 생활비는 20만 원이 전부지만 저는 돈 빌리는 걸 싫어합니다!"

"요즘 세상에 20만 원으로 한 달을 살았다? 이제 알겠네! 당신, 그 할머니 정부였지?"

"뭐라고요?"

"묻자! 노인네 기둥서방으로 사는 게 어떤 기분이야?"

"형사님!"

유치한이 벌떡 일어나며 외쳤다.

"무슨 말을 그렇게 합니까?"

"앉아!"

신영규가 위압적으로 눈을 치켜뜨며 말했다. 유치한의 가슴이 파도처럼 뛰었다.

"바로 앉지 않으면 수갑 채울 거야! 알았어?"

유치한이 마지못해 자리에 앉았다. 신영규는 용의자를 똑바로 노려보며 말했다.

"나는 형사야. 모든 사람을 의심하는 게 내 직업이라구. 얼마나 많은 사람들이 그런 더러운 욕망 때문에 다른 사람을 해치는지 알아?"

불꽃이 튀는 매서운 눈빛이 유치한을 향하자 그의 몸이 더욱 움츠러들었다.

⁓⟡⁓

"사람은 거짓말을 해!"

오상진 과장이 말했다.

"이건 선악의 문제가 아냐. 거짓말은 인간 유전자에 각인되어 있는 거다!"

망가진 한쪽 눈을 가리기 위해 그가 쓴 안경은 왼쪽이 검게 코팅되어 있었다.

"따지고 보면 인간의 생존은 철저하게 거짓말에 의존해왔어. 짐승을 잡으려고 덫을 놓거나 함정을 파는 것, 숨어서 기습하고 암살하는 것, 승리의 요건은 거짓말이다. 상대를 속여야, 내가 산다! 그게 문명 이전부터 우리 유전자 속에 박혀 있는 진리!"

그가 움직일 때마다 검은 안경알 뒤편의 상처가 드러나 보였다.

"위험에 빠진 인간은 필사적으로 거짓말을 해. 그러니까 형사는 사람들의 말을 들어주면 안 돼. 그건 변호사가 할 일이야. 형사는 기본적으로 '멘탈 브레이커(mental breaker)'야!"

눈이 아픈지 오상진이 얼굴을 찡그렸다.

"거짓말은 기억력의 영역이야. 거짓말을 사실로 만들기 위해서 사람들은 부단히 노력해. 복잡한 거짓말일수록 사실 사이에 정교하게 끼워 넣어 거짓의 가면을 만들지. 그리고 자신도 어느 순간부터 그 가면을 진짜로 믿어버린다. 그 거짓을 부수려면 기억을 제어하는 정신을 부숴야 돼! 그게 바로 멘탈 브레이커가 할 일이다!"

그가 안경을 벗고 손으로 터져버린 눈 부위를 눌렀다.

"어떤 방법을 쓰든 용의자의 멘탈을 흔들어야 돼. 그것만이 진실로 다가가는 방법이다!"

날개를 편 독수리처럼 보이는 흉측한 상처가 꿈틀꿈틀 살아서 움직이는 것 같았다.

"한번 가면을 쓴 인간은 절대 스스로 가면을 벗지 못한다! 피부에 달라붙은 가면을 억지로 떼어내야 거짓 없는 맨 얼굴이 드러난다!"

"왜 그런 식으로 보는지 이유를 말해줄까? 일반적인 빌라 옥탑방은 창고야. 원래 주거용으로 허가가 나지 않아. 옥탑방이 주거용이 되려면 새로운 한 층으로 간주돼서 세금이 비싸지지. 그래서 창고용으로 허가를 받고 불법으로 용도를 변경하는 것이 대부분이야. 그런데 당신이 살던 그 방은 원래부터 주거용으로 허가를 받은 거야. 아주, 맘먹고 지은 '집'이지. 그런데 그런 호화판 펜트하우스 월세가 한 달에 30만 원? 장난쳐?"

유치한은 답답한 듯 한숨을 내쉬었다.

"주인 할머니는 예술가를 지원하고 싶다고 하셨어요."

"그래? 당신들 두 사람은 어떻게 만났지?"

"제가 강의 나가는 문화센터 수강생이셨어요. 제 책을 읽고 팬이 되셨다고 하셨습니다."

"당신 책? 아, 이거 말이지?"

신영규가 봉투에서 소설책을 꺼내 테이블 위로 던졌다. 'X의 섬'이라는 제목이 유치한을 향했다.

"나도 그 책 잠깐 봤어. 야, 아주 야하던데? 어린 소년과 중년 아줌마가 무인도에 표류해서 점점 연인이 되어가는 과정, 이거 야설에서 많이 보던 설정 아냐?"

작가의 얼굴이 치욕으로 붉게 물들었다.

"어떤 식으로 보든 상관없습니다. 이건 나이를 초월한 사랑에 관한 이야깁니다!"

"그래서 주인 할머니가 당신 팬이 되셨구만? 나이를 초월한 사랑을 하려고? 하긴 당신처럼 오픈마인드(open minded)인 작가라면 할머니도 소녀처럼 보이겠지?"

"저는 그런 식으로 사람을 보지 않습니다."

"그래? 그럼 다른 걸 물어볼까? 거실에 있던 그림!"

"네? 그림이요?"

"거실에 걸려 있던 그림, 당신이 마지막으로 봤을 때, 걸려 있던 그림이 뭐였지?"

"잘 기억이 안 납니다."

"이상하네? 옥탑방으로 가려면 4층을 지나야 되잖아? 매일 볼 수 있었을 텐데?"

"계단에서 옥상으로 바로 올라갈 수 있습니다. 그래서 주인집은 갈 일이 별로 없습니다."

"그래서 아무것도 모르신다?"

"저는 정말 아무것도 모릅니다."

"그 집 벽에 걸린 그림들이 비싸다는 것쯤은 알겠지?"

"주인 할머니는 그 그림들이 모두 모사품이라고 하셨습니다."

"당신은 그 말을 믿었고?"

"네, 처음부터 관심도 없었어요. 제가 주인 할머니를 해칠 이유는 아무것도 없습니다. 믿어주세요."

간절한 유치한의 호소는 차가운 코웃음으로 되돌아왔다.

"나도 당신 말을 믿고 싶어, 하지만 모든 증거가 당신을 가리키고 있다구!"

사나운 짐승 같은 눈길이 유치한의 미간을 물고 있었다.

"도대체 무슨 증거요?"

"당신이 살던 빌라, 문도 이중 잠금 장치고 CCTV도 세 대나 설치돼 있어. 밤 11시 이후에 주인이 사는 4층 집 입구는 철제 덧문이 닫히지. 비밀번호를 모르면 출입 불가능! 거기다 모든 가스관에 특수 형광물질을 발라놓고 철망까지 쳐놓아서 가스관을 타고 오르는 것도 불가능! 결국 내부인 소행이라는 건데, 건물 내부 수리하느라고 다른 세대는 전부 퇴거, 남은 것은 옥탑방에 사는 당신뿐. 다른 두 사람은 아들과 이웃집 할머니, 두 사람 다 비밀번호를 알고 있었지만 아들은 설렁탕 준비 중. 이웃 할머니는 자고 있었다고 가족들이 증언! 그러니까 마지막에 남은 것은 누구? 바로 당신 하나뿐이지!"

"저는 그 시간에 집에 없었어요!"

유치한의 항변에 신영규는 차가운 콧방귀로 응수했다.

"그럼 그때 뭘 하고 있었지?"

"저는……."

유치한이 머뭇거리다 대답했다.

"그 시간에 프랑스 요리를 먹고 있었습니다."

"프랑스 요리?"

신영규의 얼굴이 비웃음으로 일그러졌다.

"당신 한 달 수입이 얼마지?"

"문화센터에서 글쓰기를 가르쳐서 50만 원쯤 벌고 있습니다."

"그 돈에서 방세가 30만 원이고 나머지가 생활빈데, 프랑스 요리를 먹었다고?"

신영규의 코웃음에 유치한은 어찌할 바를 모르고 있었다.

이 절묘한 순간에 김정호 형사가 문을 열고 들어왔다.

"선배님, 잠깐만……."

소주희가 경찰서에 도착한 것은 이미 유치한이 조사실로 들어가고 난 뒤였다. 빨간 볼의 미녀가 숨을 헐떡이며 들어서자 경찰서 안의 공기가 향긋해지는 느낌이었다. 급하게 나온 듯 화장도 하지 않은 맨 얼굴에 청바지와 헐렁한 면 셔츠 차림이었지만 긴 다리와 잘록한 허리, 큰 가슴을 감추지는 못했다. 이런 꾸미지 않은 자연스러움이 그녀의 싱싱한 젊음을 더욱 돋보이게 했다. 보기만 해도 싱그러운 꽃향기가 나는 것 같았다.

경찰관들뿐만 아니라 조사를 받던 사람들까지 넋을 잃고 소주희를 쳐다보다가 핀잔을 들었다.

"저, 여기 유치한 작가님 뵈러 왔는데요. 담당자가 어느 분이세요?"

커피를 마시려고 자판기 앞에 서 있던 복숭아 형사에게 소주희가 물었다. 걸그룹 같은 외모에 공사판 작업반장 같은 입담을 가진 복숭아 형사가 주위를 두리번거리다가 조서를 작성하던 김정호 형사 쪽을 가리켰다.

"감사합니다."

"네."

자판기 앞에서 주머니를 뒤지다가 동전이 없다는 것을 알게 된 복 형사가 발을 구르며 외쳤다.

"이런, 싸레기!"

"네?"

소주희가 놀라서 복 형사를 쳐다봤다.

"아, 미안요. 동전이 없어서!"

"잠깐만요!"

소주희가 주머니에서 과일 모양 동전지갑을 꺼내서 500원짜리를 건네주었다.

"이걸로 드세요."

하지만 복 형사는 손을 저으며 거절했다.

"아뇨, 아뇨, 민원인한테 받을 순 없죠! 아, 누구 동전 좀 줘봐!"

하지만 경찰들 중 누구도 그녀의 말에 대꾸하지 않았다.

"이런, 제네럴! 아무도 없냐?"

"그냥 이걸로 드세요."

"글쎄, 안 돼요! 야, 진짜 아무도 없어?"

소주희가 500원짜리 동전을 넣고 커피를 눌렀다.

"제가 마시고 싶은데 시간이 없어서요, 저 대신 드세요."

"아가씨!"

돌아서는 소주희를 복승아가 불렀다.

"네?"

그녀가 소주희의 손을 잡고 잔돈 200원을 쥐여주었다.

"잔돈 가져가요."

"아뇨, 괜찮아요. 나중에 또 드세요."

보이시한 매력의 복숭아 형사와 베이글녀 소주희가 손을 맞잡고 몸싸움을 벌이는 모습은 남자들에게 묘한 상상력을 불러일으켰다. 한동안 경찰서 안에는 고요한 정적이 흘렀다.

"아, 혹시 휴대폰 충전 좀 할 수 있을까요?"

"휴대폰요?"

"네, 지금 배터리가 없어서요."

"아무 데나 꽂아요."

복숭아가 커피를 후루룩 마시며 자리로 가버리자 "이쪽으로 오시죠." 하고 김정호 형사가 소주희를 불렀다.

"유치한 씨 만나러 오셨다고요?"

"네. 중요한 소식이 있어서요."

"가족이세요?"

"아니요."

"그럼 여자친구?"

"아니요, 그냥 친구예요. 그런데 형사님, 아까 저 여자분 무슨 소리 하신 거예요? 싸레기, 제네럴 이러시던데 욕하신 거예요?"

"아뇨, 아뇨, 평소에 욕을 너무 많이 해서 욕 대신에 비슷한 단어로 바꾼 거예요. 말투가 완전히 공사판 십장이에요."

"십장은 무슨, 된장!"

자기 자리로 가던 복승아 형사가 투덜거렸다.

"자자, 신경 쓰지 마시고……."

김정호 형사는 자기도 모르게 숨을 헐떡이는 미녀의 분홍빛 입술로 가는 시선을 억지로 돌려야 했다.

"무슨 소식이죠? 제가 전해드릴게요."

"본인한테 직접 전해드려야 되는데……."

"지금 조사 중이라서 면회가 안 됩니다."

"그럼 조사가 언제 끝나나요?"

"그건 알 수가 없어요. 그냥 저한테 말씀하세요."

소주희는 손톱을 깨물며 망설였다. 그 모습이 너무 귀엽고 안쓰러워 고민을 대신해주고 싶은 마음이 들 정도였다.

"유치한 작가님, 아버님이 심장병으로 쓰러지셨는데 오늘 중으로 수술을 받으셔야 된대요. 그런데 아버님이 아들을 보기 전에는 수술을 안 받으시겠다고……."

"아, 이런…… 어쩌지?"

김정호 형사가 난감한 얼굴로 일어섰다.

"잠깐만요. 바로 전해드릴게요."

조사실로 달려간 김정호 형사가 신영규를 밖으로 불러냈다.

"뭐야?"

"지금 유치한 씨 친구가 왔는데요, 유치한 씨 아버님이 심장병으로 수술을 받으셔야 된답니다. 그런데 아들을 안 보면 수술을 안 받겠다고……."

"그래서, 조사 중인 사람을 데려가자고? 조사 중에 리듬 끊으면 안 되는 거 몰라?"

"그래도, 오늘 중으로 수술 안 하시면 어렵다고……."

"일일이 사정 봐줘가면서 어떻게 조사하냐? 정신 안 차려?"

"죄송합니다. 그래도 너무 급해 보여서……."

"됐고, 그 아들 알리바이는?"

"네, 확인해봤는데 말대로랍니다. 이웃들 얘기가 밤 12시쯤 갑자기 벨을 누르고 설렁탕을 주더랍니다. 황당했지만 먹긴 먹었다는데요."

"맛은?"

"그럭저럭 먹을 만했답니다."

"그건 알리바이가 있단 거잖아? 그렇지? 그럼 저 안에 있는 '죄와 벌' 아저씨, 혐의가 더 강해지잖아?"

"네, 일단은……."

"김건은?"

"서장님하고 조사실 옆방에서 모니터링하고 있습니다."

신영규의 목구멍 깊은 곳에서 야수처럼 '으르렁' 하는 소리가 울렸다. 김정호 형사가 조심스럽게 한 발 물러섰다. 사나운 짐승을 만나면 아이 콘택트(eye contact)를 유지하며 뒷걸음질 쳐서 피하라던 보이스카우트 시절의 교육이 새삼 떠올랐다.

"방해하지 마!"

"네."

이를 갈며 조사실로 들어오는 형사의 서슬 파란 모습을 본 유치한 작가가 흠칫 몸을 떨었다.

"자, 아까 어디까지 했더라? 그래! 프랑스 요리라고 했지?"

"네, 저는 어젯밤 11시경에 프랑스 요리를 먹고 있었습니다."

"아, 그래, 좋아, 그럼 무슨 요리를 먹었지?"

"풀코스 요립니다."

"야, 그거 좋은데? 혹시 뭐가 나왔는지 기억하나?"

"너무 많아서요. 에스카르고…… 딸기 셔벗, 콩소메, 겨자 소스 스테이크……."

유 작가가 기억을 더듬어 말하던 중 신영규가 말을 잘랐다.

"야, 진짜 풀코스네…… 그럼 그게 전부 얼마지?"

"구천…… 팔백 원입니다."

신영규가 '킁' 하고 코웃음을 쳤다.

"장난치나? 아무리 싼 코스 요리라도 기본이 7만 원을 넘는데, 9800원? 햄버거 세트야?"

"정말입니다. 그곳 주방장이 비싼 재료 대신에 싼 재료로 맛을 내서 그렇게 판다고 했어요."

"아, 그래. 그런 천재 셰프가 있었군. 좋아, 그럼 거기 어디야? 나도 한번 가보게."

"그건……."

"왜? 바로 어제 가봤는데 위치를 모르나?"

"그 식당은 매일 위치를 바꿔서 운이 좋아야 만날 수 있어요. 저도 그 식당이 나왔던 곳들을 계속 찾아가다가 한 달 만에 만난 겁니다."

유치한의 말을 듣는 둥 마는 둥 하며 신영규가 서류철에서 책 하나를 꺼내 테이블 위로 던졌다. '프랑스요리 대백과'였다.

"이거 기억나나?"

"이건…… 제 방에 있던 책인데요."

"잘 봐." 하고 신영규가 책을 펼쳐 손가락으로 짚었다.

"여기, 뭐라고 나와 있지?"

유치한이 떨리는 목소리로 읽어나갔다.

"풀코스 요리, 딸기 셔벗, 콩소메, 돼지고기 겨자 스테이크……."

"봤지? 당신이 먹었다는 것하고 똑같아. 그렇지?"

"맞아요, 그런데…… 저는 정말 식당에 갔었어요!"

"그래. 본인이 정말 그렇게 믿는다면 그게 진실처럼 느껴질 수도 있어. 하지만 잘 생각해봐. 진짜 프랑스 요리는 9800원으로 먹을 수 없어. 이 모든 것이 당신 상상으로 만들어낸 거지. 작가니까 상상력도 풍부하겠지? 그런데 사실은 어떻게 된 건지 알아?"

유치한의 눈빛이 불안하게 흔들리기 시작했다.

"잘 들어, 당신은 집주인 할머니를 죽였어. 우발적이었겠지. 노인네가 주제도 모르고 젊은 남자에게 집착했을지도 몰라. 아니면 당신을 무시했을 수도 있지. 당신은 이성을 잃고 할머니 목을 쥐었어. 그리고 정신을 차리고 보니 할머니는 이미 죽어 있었지!"

"아니요. 아니에요!"

"당신은 갑자기 겁이 났지, 그래서 할머니를 침대 위로 끌

고 갔어. 잠자다가 자연사한 것처럼 꾸미려고 했겠지. 혹시라
도 할머니가 다시 숨을 쉬기를 바랐지만 할머니는 다시 숨
을 쉬지 않았어!"

"아니야, 난."

"죄책감이 밀려왔지. 아무리 흔들어도 할머니는 일어나지
않았어! 그래서 수건으로 얼굴을 가렸지. 죽은 두 눈을 똑바
로 볼 수 없었으니까!"

"난…… 아니야!"

유치한은 도망치듯 고개를 저었다. 두 손으로 귀를 막아봤
지만 신영규의 목소리는 사정없이 그의 약한 귓속을 파고들
었다.

"당신은 밖으로 나갔어. 그리고 정처 없이 걸었지. 그냥 알
리바이를 만들어야 한다는 생각만 했을 거야. 그러다가 상상
력으로 움직이는 프랑스 요리점을 만들어냈지. 당신은 거기
서 식사를 했어. 진짜처럼 맛있었지. 풀코스 요리, 에스카르
고, 딸기 셔벗, 스테이크…… 값은 겨우 9800원! 그렇게 상상
으로 만든 요리를 먹으면서 당신은 스스로 굳게 믿어버리지.
나는 그 할머니를 죽이지 않았다. 그 시간에 나는 프랑스 식
당에서 프랑스 요리를 먹고 있었다!"

유치한 작가는 두 손으로 머리를 감싸고 울고 있었다. 자신

의 말을 들으려고도 하지 않는 철벽같은 권력자 앞에서 너무나 무기력한 자신이 한심하게만 느껴졌다. 그리고 그것보다 더 두려운 것은 어느 순간부터 이 형사의 말이 진실이 아닐까 하는 의심이 들기 시작했다는 것이었다. 내가 정말 프랑스 요리를 먹고 있었나? 그는 자기도 모르게 자신이 주인집 할머니의 목을 조르는 상상을 하게 되면서 현실과 상상의 경계가 무너지는 느낌이 들었다.

"이제 알겠어? 당신은 현실에서 사람을 죽였어. 그리고 상상의 세계로 도망친 거지. 흔한 일이야. 많은 사람들이 그렇게 하지. 왠지 알아? 이 현실은 힘들고 더러우니까! 대부분이 자기가 꿈꾸던 일 근처에도 못 가보고 늙어가지. 당신은 어때? 작가 선생? 당신 책, 'X의 섬' 말이야, 당신 자신도 부끄러울 만큼 야하게 썼는데 책이 잘 안 팔렸지? 견디기 힘들었을 거야."

신영규가 완급을 조절하듯 잠시 말을 끊었다.

"이미 이웃집 할머니가 당신을 할머니 남자친구로 지목했어. 이제 그만 인정하지?"

"아니요. 그런 관계가 아니었어요. 주인집 할머니는 제 글이 활력을 준다고 좋아하셨던 겁니다."

"끝까지 부정하시겠다…… 그럼 좋아! 당신, 이전에 우울증 치료를 받은 적이 있더군. 우울증 환자가 충동조절 장애를 겪는 건 흔한 일이야."

"난, 안 죽였어요."

유치한이 절규하듯 외쳤다. 하지만 그 절박한 외침은 조사실 안에서 공허한 메아리가 되어 흩어져버렸다.

"이제 그만 인정해. 현실을 보라구! 이 시궁창 같은 현실에 머리를 처박고 눈을 떠봐야 세상을 볼 수 있는 거야. 지금 인정하면 정상참작도 할 수 있지. 형량도 가벼워질 거야."

한동안 고개를 떨어뜨리고 울던 유치한이 한숨을 쉬며 두 손으로 눈물을 닦았다.

"아니요. 인정 못 합니다. 저는…… 전 죄가 없어요!"

"계속 그렇게 나오면 당신만 손해야!"

"저는 무섭지 않습니다. 잘못이 없으니까 인정할 것도 없습니다."

"그 말이 법정에서도 통하나 볼까? 작가 선생?"

신영규가 넥타이를 풀어 매듭을 지었다. 그가 손을 움직일 때마다 넥타이가 교수대 밧줄처럼 흔들거렸다.

"당신은 방금 마지막 기회를 차버렸어. 다시 상상 속에서 프랑스 요리나 처먹어!"

"상상이 아닙니다."

유치한이 말했다.

"그 식당 이름은 '신데렐라 포장마차'입니다!"

"어떤가?"

옆방에서 모니터링을 하던 조용한 서장이 침통한 얼굴로 물었다.

"아직 증거도 부족한 상황에서 심증만으로 저렇게 다그치는 건 문제가 있군요."

김건은 살짝 얼굴을 찌푸리며 대답했다.

"그래서 자네 도움이 필요한 거야. 저 친구는 강단이 있네. 좋은 경찰이야. 하지만 사건을 빨리 해결하려고 무리한 수사를 계속하고 있네. 강박적으로 수사를 몰아가지."

조용한 서장은 진심으로 부하 형사를 걱정하고 있었다.

"내사과가 나서면 신영규 형사는 징계위에 회부돼. 저 친구 경력에도 흠이 생기겠지. 물론 우리 경찰에도……"

"내사과요?"

"지금 내사과는 옛날처럼 물렁한 기관이 아니야. 갈수록 지지율이 떨어지고 있는 대통령이 검·경 부패 척결을 내걸고 완전히 새로 만든 조직이지. 같은 공무원이라고 해서 봐주는 건 꿈도 못 꿔. 걸리면 바로 철창이지."

"그런데 왜 내사과가 신 선배를 노립니까?"

"윗선에서 신 형사를 타깃으로 찍었어!"

"윗선이라면……."

"나도 어느 정도 윗선인지는 몰라. 내 동기가 귀띔해주더군. 신 형사가 어느 집안 사람인지 아나?"

"자세한 건 모릅니다."

"자세한 걸 아는 사람은 별로 없지. 저 친구 사실 '삼족오 그룹' 아들이야."

"삼족오 그룹요? 그 '어둠의 가문' 말인가요?"

"그래, 한국의 지하세계를 움직이는 밤의 황제……. 대통령도 못 건드리는 실력자……. 정작 신 형사 본인은 그 가문과 절연하고 나왔지만, 위에 있는 누군가가 신 형사를 이용해서 '세발까마귀'의 얼굴을 보고 싶어 하는 거지."

"뱀 꼬리를 당기면 결국 머리가 나온다, 이건가요?"

"내가 자네를 부른 건 그래서야. 이럴 때에 절대 신 형사가 실수를 하면 안 돼. 자네가 옆에서 중심을 잡아주게…… 예전에 자네들은 최고의 파트너였어. 같이 있으면 항상 서로를 자극하는 독특한 케미가 있었지. 실적도 좋았고…… 그 당시의

신 형사는……."

김건은 고개를 저었다.

"하지만 저는 그때를 기억 못 합니다. 그런데 제가 어떻게 돕습니까?"

"신 형사가 언제부터 저렇게 됐는지 아나?"

❈

"조금 전에 들은 소식인데, 안타깝지만 당신 아버지가 심장병으로 쓰러지셨어."

"네?"

신영규의 말에 유치한은 크게 놀랐다.

"빨리 수술을 받지 않으면 돌아가실 수도 있다던데…… 아버지가 아들을 보기 전에는 수술을 안 받겠다고 버티고 계신다네……."

"그럼, 먼저 병원에 가게 해주세요! 조사는 나중에 받겠습니다!"

"그럴 수는 없지. 조사 중에 유력한 용의자를 풀어줄 수는 없어!"

"제발 부탁입니다. 무릎을 꿇으라면 꿇겠습니다. 아버지를 만나게 해주세요."

유치한이 간절하게 부탁했지만 신영규는 미동도 하지 않았다.

"진술서를 쓰면 특별히 아버지를 만날 시간을 줄 수도 있어. 하지만 '조사 중'에는 절대 안 돼!"

"당신! 당신이 인간이야? 내가 진짜 죄인이라고 해도 다른 생명을 살리는 일에 협조할 수 있잖아? 하물며⋯⋯!"

"인간을 결정하는 건 그가 입은 옷이다! 지금 여기서 나는 경찰의 옷을, 당신은 죄인의 옷을 입고 있다. 내가 할 일은 법을 집행하는 거야! 그러니까 나한테 정 같은 거 기대하지 말고 아버지 살리고 싶으면 그냥 자백해!"

유치한은 벼랑 끝에 몰린 느낌이었다. 이 귀신 같은 형사 말대로 하지 않으면 아버지를 잃는다는 두려움이 그의 이성을 마비시켰다. 그 모습을 지켜보던 신영규의 입가가 살짝 비틀려 올라갔다.

"언제부텁니까?"

"바로 3년 전 자네가 감옥에 간 다음부터야!"

김건의 표정이 굳어졌다.

"하지만 그건 오해였습니다. 신 선배와는 아무 상관도 없는 일 아닙니까?"

"하지만 본인은 그렇게 생각하지 않는 것 같아. 그 뒤로 저렇게 독종이 됐지!"

김건이 물끄러미 모니터를 지켜봤다. 유치한을 압박하며 소리치는 신영규의 모습이 보였다.

"저 친구를 돌려놓게. 자네가 저 친구를 저렇게 만들었다면 원래대로 돌릴 수 있는 것도 자네뿐이야."

김건이 한숨을 쉬며 말했다.

"너무하시네요. 저는 기억도 못 하는데…… 알겠습니다. 방법을 찾아보지요. 우선 저는 저대로 수사를 진행하겠습니다."

"국과수 친구에게 이 사건을 최우선으로 하라고 지시했네. 증거 조사 나오는 대로 연락하겠네."

인사를 하고 나가는 김건의 등을 향해 서장이 물었다.

"자네 '문제 생물론', 정말 믿을 수 있나?"

"'문제 유기체설'이죠."

김건이 중절모를 맵시 있게 쓰고 두 손가락으로 챙을 훑었다.

"100퍼센트 믿을 수 있습니다!"

"말을 전했지만 만나기는 힘들 겁니다."

김정호 형사의 말에 소주희가 크게 낙담했다.

"아, 어떻게 하죠? 방법이 없을까요?"

실망한 미녀의 모습을 안쓰러워하던 그에게 갑자기 묘안이 떠올랐다.

"저기…… 방법이 하나 있는데요……."

"네? 무슨 방법요?"

김정호 형사가 조심스럽게 주위를 살펴본 후에 입을 열었다.

"혹시, 민간조사원이라고 알아요?"

"민간조사원이요? 그게 뭐죠?"

"흔히 탐정이라고 하는데……."

"잠깐만요!"

김건이 돌아보자 20대 초반으로 보이는 예쁜 여자가 서 있었다. 앳돼 보이는 얼굴에 성숙한 몸매를 가진 미녀…… 순진한 눈망울과 두 뺨에 깃든 홍조를 본 순간 '쿵' 하고 심장이 뛰었다. 평생 뛰는 15억 번의 박동이 오직 이 한 번을 위해서 인 것처럼 깊은 진동이 가슴 전체를 흔들었다. 예전에도 이런 식으로 심장이 뛴 적이 있었다. 몸은 기억하지만 기억은 없다. 언젠가 느껴본 것 같은 아련한 느낌에 코끝이 저리지만 아무 것도 기억이 나지 않아 명치 속이 저리고 답답했다. 자기도 모 르게 그곳으로 손을 올렸다.

"저기, 탐정님……이시죠?"

김건이 황급히 중절모를 벗어 가슴에 대고는 고개를 숙 였다.

"아, 민간조사원 김건, 인사드립니다. 무슨 일이든 최선의 결과를 내겠습니다."

"아, 네, 안녕하세요. 소주희라고 합니다."

소주희는 요즘 시대에 안 맞는 지나치게 정중한 인사에 자 기도 모르게 머리를 숙여 인사했다.

"이전에 뵌 적 있죠?"

김건의 물음에 소주희의 가슴이 두근거렸다.

"네, 기억하시네요. 형사…… 아저씨……."

"아, 전 형사가 아니라 민간조사원입니다. 일전에 지하철에 서 만났었죠?"

소주희는 낮게 한숨을 쉬었다. 기억을 못 한다. 아니 완전히 다른 사람이다.

"외국의 경우 경찰은 형사사건을, 탐정은 민사사건을 전담하는 것이 일반적입니다."

어떻게 나를 잊을 수 있지? 크게 실망스러웠다. 아니면 정말 다른 사람인가?

"지금 유 작가님 도와주시는 거 맞죠?"

"현재 살인 누명을 쓰고 조사를 받는 중인 유치한 씨를 말하는 거라면 그렇습니다."

소주희는 반가운 표정으로 다가섰다.

"반가워요. 저도 유 작가님을 만나러 갔었는데 면회가 안 되더라고요."

"네, 반갑습니다. 유치한 씨와는 어떤 사입니까?"

"친구예요. 작가님이 소설 때문에 저한테 요리 관련 질문을 하신 적이 있거든요."

한 달쯤 전이었다. 소주희가 퇴근하고 '레스토랑 X'를 나올 때였다.

"저기, 실례지만 저 레스토랑 셰프세요?"

"아, 조리산데요, 왜 그러세요?"

"아, 그럼 요리도 하시나요?"

"그럼요, 주로 수프하고 전채 담당이지만요."

"아, 잘됐네요. 그럼 죄송하지만 콩소메가 어떤 맛인지 알려주실 수 있나요?"

"콩소메요?"

"네, 어떤 맛인지 말로 표현해주실 수 있을까요?"

소주희는 이 남자의 의도가 뭔지를 몰라서 잠시 머뭇거렸지만 특유의 낙천적인 성격으로 머릿속에 콩소메의 맛을 떠올렸다.

"음, 일단 소고기 국물이니까 고소한 맛이 나고요, 야채를 같이 삶아서 느끼한 맛이 없고 산뜻하면서 깊은 맛이 나요."

남자는 수첩을 꺼내 들고 주희의 말을 적어나갔지만 뭔가 아쉬운 듯 고개를 갸우뚱거렸다.

"그게 단가요? 뭐가 다른 특징은 없나요? 영혼을 흔드는 맛 같은 거?"

"영혼을 흔드는 맛이요? 그런 건 잘 모르겠는데…… 근데 왜 그런 걸 물어보세요?"

"아, 인사가 늦었네요. 저는 이런 사람입니다."

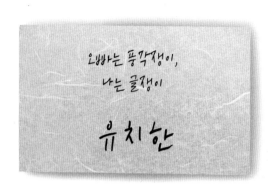

오빠는 풍각쟁이,
나는 글쟁이

유치한

남자는 한지에 직접 손으로 쓴 명함을 꺼내서 주희에게 건넸다.

"작가님이셨구나. 그런데 치…… 한…… 요?"

"아, 듣기엔 이상해도 뜻은 다릅니다. 제 아버지는 제가 커서 훌륭한 정치가가 되길 바라시는 마음에 다스릴 치(治)에 나라이름 한(韓) 자로 이름을 지으셨죠. 그래서 이름이……."

"유, 치한 씨……."

"네, 성까지 넣으면 더 웃기죠?"

"아니요. 특이해서 금방 외우게 돼요. 유치한 작가님, 유치한 소설, 유치한 단편집……."

"역시, 좀 이상하죠?"

유치한이 풀죽은 표정으로 말했다.

"아니에요. 이렇게 인상적인 이름은 처음이에요. 작가 이름 으로는 짱이에요!"

"선생님, 정말 긍정적이시네요. 저까지 기분이 좋아집니다."

"선생님이라뇨, 저 이제 겨우 스물둘인데요."

"이 세상 모든 사람에게는 배울 점이 있습니다. 나이가 어려도 선생님이죠."

"역시 글 쓰시는 분이라 생각이 다르시네요. 아, 그럼 아까 콩소메도 글 쓰시는 것 땜에 물어보신 거예요?"

"아, 네, 지금 음식과 문화에 관한 글을 쓰고 있어요. 조선 시대에 처음 문을 연 프랑스 식당 이야기죠."

"와, 재밌겠다. 근데 저한테 물어보시는 것보다 직접 맛을 보시는 게 낫지 않을까요?"

"흠, 그 말씀은 맞지만……."

주희는 망설이는 남자의 옷차림을 보았다. 낡은 외투에 구멍 난 구두, 부러질 것 같은 안경테 등이 그의 처지를 설명해 주고 있었다. 제정 러시아 시대의 가난한 소설가가 뿅 하고 눈앞에 나타난 느낌이었다.

"그럼 작가님, 내일 오시면 제가 만든 콩소메 대접해드릴게요. 오후에 오세요."

"아, 감사합니다. 그럼 얼마를 드리면 될까요?"

"아뇨, 돈은 필요 없어요. 제가 대접할게요."

유치한의 얼굴에서 기쁜 표정이 봄날 눈처럼 사라져버렸다.

"정말 감사하지만 거절하겠습니다."

그는 굳은 표정으로 말했다.

"어머, 왜요?"

소주희는 의외의 대답에 깜짝 놀랐다.

"동정은 아편과 같아서 한번 빠지면 헤어나지 못합니다. 어려워도 나중에 정식으로 돈을 내고 사 먹겠습니다."

"와!"

남자의 단호한 표정에 소주희가 감탄했다.

"작가님 정말 대쪽 같으시다. 너무 멋져요."

"그런가요?"

그녀의 눈빛이 갑자기 촉촉해지며 볼이 빨갛게 타올랐다.

"저 어렸을 때부터 강단 있는 남자가 이상형이었거든요."

가난한 작가는 겸연쩍게 웃으며 머리를 긁었다.

"하, 이거 참……."

"그런데 어떡해요? 콩소메 맛을 알아야 글을 쓰실 텐데……."

"방법이 있을 것도 같아요. 혹시 '신포'라고 들어보셨나요?"

"신포요? 만두집요?"

"아니요. '신데렐라 포장마차'의 줄임말입니다. 젊은 프랑스
사람이 운영하는 푸드트럭인데 정통 프랑스 요리를 싸게 판
다네요. 거기 가면 저도 사서 먹을 수 있을 것 같네요."

"와, 그런 곳이 있구나, 그럼 왜 안 가세요?"

"아, 그 포장마차는 신출귀몰해서 어디에 나타나는지 알
수가 없어요. 그리고 언제나 밤 11시부터 자정까지 한 시간만
문을 열죠. 운이 좋으면 만나고 아니면 영원히 못 만난대요."

"와, 되게 신기하다. 그럼 어떻게 찾아요?"

"인터넷 카페에서 정보를 얻고 있으니 곧 알게 되겠죠."

"저도 꼭 가보고 싶어요, 찾으면 저도 불러주세요!"

자신의 팔에 매달려서 졸라대는 주희의 천진난만함에, 자
기도 모르게 유치한의 얼굴에 아빠미소가 번졌다.

"알겠습니다. 약속하죠. 꼭 같이 가요!"

"그럼 같이 그 신포에 갔었나요?"

김건의 물음에 소주희가 고개를 저었다.

"아니요. 어제 저녁에 전화를 주셨는데 저희 레스토랑에 VIP가 오셔서 비상이 걸렸거든요. 전화는 못 받고 나중에 문자만 봤어요."

"VIP요?"

"네, 유명한 요리 평론가가 오셔서……."

소주희가 내민 휴대폰에 '선생님, 연락이 안 돼서 혼자 갑니다. 후기, 나중에 말씀드릴게요.'라는 메시지가 와 있었다.

"주희 씨는 유 작가님이 사건이 있던 시간에 그 신데렐라 포장마차에 있었다고 생각하시나요?"

"틀림없어요."

"이건 굉장히 중요한 일입니다. 경찰은 어젯밤 11시경을 살인사건이 일어난 시간으로 보고 있어요. 그래서 유 작가님의 알리바이가 증명되지 않으면 그대로 기소할 겁니다."

"아, 어쩌죠? 유 작가님은 절대 그럴 분이 아니에요. 무슨 방법이 없을까요?"

소주희가 발을 동동 구르며 말했다.

"그럼, 그 신데렐라 포장마차를 찾는 것밖에 방법이 없네요."

"네! 그렇죠? 그런데 꼭, 오늘 안에 찾아야 돼요."

"오늘 안에요? 너무 촉박한데요. 무슨 이유라도?"

"유 작가님 전화받고 작가님 어머님을 만났어요."

소주희는 그 상황을 떠올리며 난감한 표정으로 말했다.

"작가님 아버님이 병원에 계신대요."

"어디가 아프신가요?"

"심장이 안 좋으신데 수술을 받으셔야 된대요. 성공 확률이 낮은 수술이고 빨리 하셔야 하는데, 아들을 만나기 전엔 죽어도 수술을 안 받으시겠대요."

"저런……"

"만약 내일까지 수술을 못 하시면 위험할 수도 있는데……"

"그렇군요……"

김건이 고민에 빠진 듯 손으로 턱을 쥐고 미간을 찌푸렸다.

"어떻게 하죠? 방법이 없을까요?"

"찾읍시다!"

"네?"

"오늘 중으로 신포를 찾아서 작가님을 아버님께 보내드리자고요."

"하지만…… 어떻게요?"

김건이 〈카사블랑카〉의 주인공처럼 두 손가락으로 모자챙을 훑으며 말했다.

"모든 문제는 그 안에 답이 있습니다. 자세히 보면 길이 보이는 법이죠!"

그는 품속에서 가죽 양장의 낡은 수첩과 오래되어 보이는 만년필을 꺼내 들었다.

"그 신포에 대해서는 얼마나 알고 있나요?"

"저도 잘 몰라요. 그런데 인터넷에 팬 카페가 있더라고요."

"팬 카페요?"

"네. 거기가 식당계의 레전드거든요. 그래서 신포를 찾으려는 사람들이 많아요."

소주희가 휴대폰을 꺼냈지만 배터리가 3퍼센트밖에 없었다. 언제 꺼질지 모르는 상태였다.

"탐정님, 혹시 휴대폰 없으세요?"

"있긴 한데……"

머뭇거리며 김건이 내민 휴대폰은 초창기 모토로라 스타택 1세대 모델이었다. 폴더를 열자 경쾌한 '딸깍' 소리가 났다. 주희의 두 눈이 튀어나올 것처럼 커졌다.

"아직도 이런 거 쓸 수 있어요?"

"그럼요, 쓸 수 있죠."

"인터넷은?"

"물론, 안 되죠."

"하아!"

한숨을 쉬던 소주희의 눈에 맞은편에서 휴대폰을 보며 걸어오는 회사원 같은 남자의 모습이 보였다. 키득키득 웃는 폼이 예능 방송이라도 보는 것 같았다.

"죄송합니다! 잠깐만 실례할게요!"

소주희가 막아서자 남자는 화들짝 놀라며 멈춰 섰다. 그는 눈앞에 갑자기 나타난 빨간 볼의 미녀와 험프리 보가트처럼 옷을 입은 남자에 적잖이 당황했다.

"뭐, 뭡니까? 이거 몰카예요?"

"아뇨, 부탁드릴게 있어서요. 혹시 그 휴대폰, 인터넷 되나요?"

"당연히 되죠! 최신 폰인데!"

"그럼 인터넷 검색 좀 부탁드려요. 제 폰이 배터리가 없어서……."

"아, 네. 뭐, 그럼……."

소주희가 남자의 손에서 핸드폰을 건네받으려고 하자 남자는 그 손을 거부했다.

"이거 최신 폰이에요. 은하수9! 새 거니까 제가 조작할게요."

"네? 하지만……."

"싫으면 그만두세요."

"아뇨! 아뇨!"

"부탁드려요!"

김건과 소주희는 남자에게 빌다시피 하고 좌우에 서서 휴대폰을 들여다보았다. 서로의 얼굴이 닿을 듯 바짝 다가섰다가, 어색함에 잠시 눈치를 보던 그들 셋은 휴대폰에 인터넷 접속 화면이 뜨자 동시에 시선을 모았다.

"음, 카페 검색에 '신데렐라 포장마차'를 치고 검색해주세요. 네, 첫 번째 카페로 들어가서…… 네! 거기요."

"회원가입 해야 돼요?"

"아니요, 필요 없어요."

신데렐라 포장마차 팬 카페가 화면에 나타났다. 프랑스 국기를 상징하는 빨강과 파랑, 하얀색으로 칠해진 푸드트럭이 메인 화면에 보였다.

"이게 바로……."

"네! 신데렐라 포장마차가 분명해요!"

작은 화면을 보느라 세 사람의 볼과 볼이 거의 맞닿아 있었다.

"아, 게시판! 게시판!"

회원 게시판으로 들어가자, 그 안에는 신데렐라 포장마차에 대한 글이 여러 개 올라와 있었다.

'월요일 서초역, 메뉴! 콕오뱅!'

'어제 신포 성수역 부근 출현!'

'화요일, 종합운동장역 출현!' 등의 글이 있었다. 신데렐라 포장마차는 많은 사람들의 관심을 끌고 있는 것이 분명했다. 댓글도 많이 달려 있었다.

'신포 출현 장소 연구'

'도대체 오늘 신포 영업장소는 어디?'

'매일 먹고 싶은 요리넹'

'셰프 오빠, 진짜 훈남!'

'망할! 일요일은 쉰다!'

글들을 훑어보던 김건이 그 내용을 수첩에 메모했다.

소주희가 한 곳을 가리켰다.

"사진 갤러리 들어가주세요."

사진 갤러리는 신데렐라 포장마차를 배경으로 찍은 사람들의 사진으로 가득 채워져 있었다. 이색적인 식당과 맛있는 요리에 모두들 진심으로 즐거워하는 것 같았다. 은하수9 휴대폰의 주인인 회사원은 소주희가 가리키는 사진을 터치해서 열었다. 프랑스 국기와 같은 색으로 칠해진 푸드트럭을 배경으로 젊고 잘생긴 금발의 외국 남자가 팔짱을 낀 채 서 있었다.

"이 사진이 가장 잘 나온 건가 봐요."

"옹? 그런데 여기 이건 뭐죠?"

김건이 사진의 한 곳을 가리켰다. 푸드트럭 바깥쪽에 달린 게시판 같은 하얀 벽면에 세 개의 액자가 나란히 걸려 있었다. 마치 이 액자들만 특별한 의미가 있는 것 같았다.

"잘 안 보이네요."

소주희의 말에 회사원은 최신 휴대폰 은하수9의 성능을 자랑하고 싶어 하는 거만한 얼굴로 두 손가락을 벌려 사진을 확대했다.

"이거 울트라-하이퍼-아몰레드예요!"

사진 속의 액자가 커지면서 윤곽이 드러났다. 초고화질 액정화면에 두 사람은 동시에 '와우!' 하고 탄성을 내뱉었다. 세 개의 액자 중 하나는 달력이었고 한 개는 오래된 게임판 같았으며, 다른 하나는 잘 보이지 않았다.

"이건 뭐죠?"

"글쎄요. 잘……."

김건과 소주희가 고개를 갸우뚱거릴 때 회사원이 큰 소리로 말했다.

"이건 서울 지하철 노선도네요."

"아, 네!"

"정말이네."

칭찬을 기대했던 회사원은 밋밋한 반응에 실망해서 입이 튀어나왔다. 그제야 눈치를 챈 두 사람은 "눈이 참 좋으시네요." "옷도 잘 입으시고……" 하며 칭찬을 했지만 한번 튀어나온 입을 집어넣지는 못했다.

"그 옆에 있는 건 놀이판…… 인가요?"

"잠깐만요. jeu…… de l'oie…… 아!"

소주희의 질문에 잠시 사진을 유심히 살피던 김건이 말했다.

"이건 '거위게임'이에요!"

"거위게임요? 그게 뭐예요?"

"잠깐만요."

김건이 양쪽 관자놀이에 집게손가락을 대고 앞으로 한 번 뒤로 한 번 돌린 후, 생각에 잠겼다가 입을 열었다.

"거위게임, 기원은 불분명. 프랑스의 가족놀이로 둘에서 네 명의 사람이 모여 두 개의 주사위를 굴려 63개의 칸을 먼저 통과하는 사람이 이기는 게임. 중간에 장애물들이 있고 정확히 63에 멈추지 않으면 다시 처음부터 해야 한다. 4세 이상부터 가능한 놀이다……"

소주희와 회사원의 두 눈이 둥그레졌다.

"와, 그걸 어떻게 다 외우세요?"

"아, 백과사전을 다 외웠거든요."

"백과사전을 다요?"

소주희의 양 볼이 더욱 빨개지며 두 눈이 존경의 빛으로 빛났다.

"저 어렸을 때부터 머리 좋은 남자가 이상형이었거든요."

그 눈을 마주 보는 김건의 눈빛도 촉촉하게 빛났다.

"아니, 이거 별거 아닌데……."

그 사이에 낀 회사원만 눈을 어디에 두어야 할지 모르고 허공을 이리저리 응시하다 헛기침을 하며 말했다.

"아니, 검색하면 되지 그걸 왜 다 외워요?"

"제가 사정상…… 시간이 너무 많이 남아서요."

"친구 없으셨나 보다."

회사원이 건조한 목소리로 대꾸했다.

"아, 잠깐만요. 세 번째는……?"

회사원의 말을 무시하고 김건이 가죽 수첩에 만년필로 몇 가지를 적었다.

"달력이에요. 그런데 왼쪽 위 구석에 주사위 두 개가 있어요. 왼쪽은 5, 오른쪽은 6이 나온 주사위네요."

"아!"

소주희가 손뼉을 쳤다.

"이거 그거예요! '신데렐라 퀴즈'!"

"신데렐라 퀴즈요?"

"팬 카페에서 봤어요. 신데렐라 포장마차는 특수한 규칙에 따라서 이동한대요. 이 문제를 풀면 그 장소를 알 수 있대요."

"아!"

"그런데 아직 아무도 푼 사람이 없대요. 문제가 뭔지를 몰라서……."

"진짜 문제는 문제가 뭔지를 모른다는 것이다!"

"네?"

김건의 뜬금없는 말에 회사원과 소주희가 동시에 되물었다.

"아, 예전에 선생님한테 들은 말이죠. 문제 해결의 첫걸음은 문제가 뭔지를 아는 데서 시작한다는 뜻입니다."

회사원이 이상하다는 표정을 지었지만 김건은 카페에 올라와 있는 신데렐라 포장마차의 출현 장소 등을 옮겨 적고 나서 수첩을 '탁!' 소리 나게 덮으며 말했다.

"감사합니다. 그럼 이만……."

"감사해요. 큰 도움 됐습니다."

김건과 소주희의 인사에 회사원은 아쉬움을 느꼈다.

"다 된 거예요? 더 보셔도 되는데……."

두 사람이 꾸벅 인사하고 뛰어서 지하철역 쪽으로 가버리자 회사원은 휴대폰을 든 손을 내려뜨리고 길게 한숨을 쉬었다.

"아, 한동안 따뜻했는데……."

왠지 더 허전해진 그는 도저히 그냥 집으로 돌아가지 못하고 역 근처 포장마차로 터덜터덜 발걸음을 돌렸다.

지하철 안국역으로 들어가는 김건을 따라 내려가던 소주희가 그를 불러 세웠다.

"잠깐만요. 지금 왜 여기로 오는 거예요?"

"신데렐라 포장마차 찾으러 가야죠."

"네? 어딘지 아시는 거예요?"

"아직 정확히는 몰라요. 하지만 노선도를 확인하면 알 수 있을 것 같네요."

"어떻게요? 그 포장마차는 매일 나타나는 곳이 다르잖아요. 그리고 자정까지 한 시간밖에 영업 안 하고요."

"지금 시간이…… 10시 45분이죠. 우선 지하철 2호선을 타야 돼요."

"왜 2호선이에요?

"'거위게임' 때문이죠."

김건이 지하철 역사 벽에 붙어 있는 큰 노선도를 가리키며 말했다.

"사실 '신데렐라 퀴즈'는 간단한 추리게임입니다. 신데렐라 포장마차에 붙어 있던 액자 세 개는 퀴즈를 푸는 열쇠죠."

소주희는 갑자기 달라진 김건의 자신감 넘치는 말투에 놀랐다. 추리의 영역에 들어오자 김건은 온몸에서 카리스마가 넘쳐흘렀다.

"우선 '거위게임'의 특징을 이해해야 돼요. 63개의 칸 마지막에 정확히 멈추지 않으면 다시 처음부터 시작하는 순환 구조로 되어 있죠. 지하철 노선도에서 이런 순환 구조로 된 노선은 하나뿐입니다."

"2호선!"

"맞아요. 아까 팬 카페 게시글을 보니까 신데렐라 포장마차가 나타났다고 되어 있던 곳은 모두 2호선 역 부근이었어요."

"와, 정말 탐정님은 다르시네요! 어떻게 한 번 보고 다 아세요."

M	T	W	T	F	S
		1	2	3	4
6	7	8	9	10	11
13	14	15	16	17	18
20	21	22	23	24	25
27	28	29	30	31	

"아닙니다. 아직 풀어야 할 문제가 남았어요."

"맞다. 달력!"

"그래요. 그 달력은 일요일을 제하고 월요일에서 토요일까지만 기록했어요. 이건 뭘 의미할까요?"

"일요일이 없는 걸 보면 그냥 영업하는 날짜만 표시한 것 아닐까요?"

"그럴까요? 그런 것도 같은데 옆에 있던 주사위가 걸리네요……."

"그 거위게임에 주사위가 두 개라고 하셨죠?"

"네, 맞아요. 두 개의 합이죠."

"혹시 날짜 수대로 가는 거 아닐까요?"

"날짜 수요?"

"네. 4일이면 네 칸. 5일이면 다섯 칸……."

"그럼 10의 자릿수부터는 어떻게 하죠?"

"웅…… 혹시 날짜에서 10의 자릿수와 1의 자릿수를 더한 건 아닐까요?"

"그럼 12일이면 3이 되겠네요?"

"확인해볼까요?"

김건이 수첩을 꺼내 펼쳤다.

"어제 나왔던 곳이 성수역이죠? 그럼 그저께는? 화요일은 종합운동장역에 나타났다고 했죠? 21일이면 세 칸인데 종합운동장역에서 성수역은 하나, 둘, 셋…… 일곱 칸이에요."

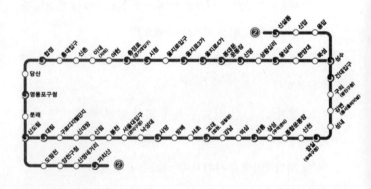

"으, 골치 아파! 그럼 아니네요."

소주희가 실망한 표정으로 말했다.

"아니요, 주희 씨 덕분에 감을 잡았어요. 이건 달력을 주사위로 활용한 단순한 규칙을 적용했을 거예요."

김건이 허공에 손가락으로 뭔가를 쓰고 있었다. 본인의 눈에는 칠판처럼 글자들이 보이는 모양이었다.

"잠깐! 종합운동장역에서 성수역까지 일곱 칸…… 혹시? 아, 알았다!"

"네? 벌써요?"

소주희의 눈이 동그래졌다.

"이 달력은 가로 요일이 여섯, 세로 날짜가 다섯이에요. 왼쪽 옆의 주사위 눈 5, 6이 바로 그런 의미죠. 단순히 달력 날짜에 맞춘 가로와 세로의 합이 이동하는 칸 수예요!"

	⚀	⚁	⚂	⚃	⚄	⚅
⚀			1	2	3	4
⚁	6	7	8	9	10	11
⚂	13	14	15	16	17	18
⚃	20	21 종합운동장	22 성수	23 오늘	24	25
⚄	27	28	29	30	31	

"말도 안 돼! 그렇게 간단한 거라고요?!"

"어쩌면 너무 간단해서 못 본 걸 수도 있죠. 7월 22일은 성수역이었죠. 가로가 3, 세로가 4, 합해서 7칸! 전으로 가보면 종합운동장역! 즉, 성수역은 종합운동장역에서 7칸 움직인 곳이에요!"

"정말 그러네요. 그럼 오늘이 23일이니까, 가로 4, 세로 4, 합 8칸이죠? 그럼……."

두 사람은 노선도를 보며 열심히 칸을 세어나갔다.

"을지로3가!"

동시에 내지른 두 사람의 목소리가 너무 커서 지나가던 사람들이 모두 그들을 쳐다봤다.

"지금 몇 시죠?"

"11시 10분 전이에요."

그때 빰빠밤빠밤~ 하는 열차 도착 신호가 들려왔다.

"빨리! 뛰어요."

서둘러서 팍팍 달려나가는 소주희에 비해 김건의 달리기는 오리가 어기적거리는 것으로만 보였다.

"지금 뭐하세요?"

"제가 세상에서 제일 못하는 게 달리기라서……."

소주희가 한숨을 쉬며 말했다.

"세상은 공평한 거네요."

소주희는 김건의 손을 잡고 달리기 시작했다. 김건의 심장이 다시 '쿵' 하고 뛰었다. 그는 빨개진 얼굴로 한 손으로 모자를 잡고 한 손은 소주희에게 이끌린 채 계단을 달려 내려갔다. 문이 닫히기 전에 간신히 차에 오른 두 사람은 안도의 한숨을 쉬었다. 두 사람 때문에 '무리한 승차를 자제해주십시오.'라는 안내 방송이 나왔을 정도였다.

"찾을 수 있을까요?"

소주희가 어두운 창밖을 보며 물었다.

"꼭 찾아야죠. 사람 생명이 달린 일이니까……. 그런데 주희 씨?"

"네?"

"왜 그렇게 다른 사람 일에 열심이세요?"

"친구니까요!"

"친…… 구요?"

"유 작가님, 좋은 분이에요. 강단 있고, 성실하고……. 친구 돕는 데 이유가 필요해요?"

"아뇨, 그 말이 맞아요. 친구를 돕는 게 당연하죠."

김건은 새삼스러운 눈으로 이 빨간 볼의 미녀를 바라보았다. 그녀의 착한 심성이 그의 마음도 따뜻하게 덥혀주었다. 하지만 그녀의 얼굴을 볼 때마다 아련한 그리움 같은 것에 코끝이 찡해지는 이유를 도저히 알 수가 없었다.

———❦———

안국역을 출발해서 3분가량을 달린 차가 을지로3가에 도착했다. 소주희에게 이끌려 서둘러 계단을 달려 올라가다가 문득 역의 노선도를 보던 김건의 얼굴이 창백해졌다.

"아차!"

"왜요?"

"그 생각을 못 했어!"

"뭘요?"

"성수역에는 지선이 있어요!"

"아, 그러네! 그런데…… 그게 무슨 의미죠?"

"거위게임에는 여러 함정이나 지름길이 있어요. 그 칸에 걸

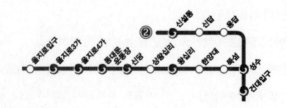

리면 반드시 그대로 따라야 하죠. 성수역에 지선이 있다면 꼭 그쪽으로 빠졌을 거예요."

"그럼 어디죠?"

"지선에 있는 역 수가 4개니까, 4, 5, 6, 7, 8. 아! 다시 성수역이네요."

"어쩌죠?"

"혹시 모르니까 이 근처를 찾아보죠. 없으면 바로 성수역으로 가야 돼요."

"알았어요. 어서 가요!"

소주희는 마치 가젤처럼 탄력 넘치는 발걸음으로 계단을 두세 개씩 뛰어올라 어느새 지상으로 올라갔다.

"빨리 와요!"

김건은 감히 따라서 뛸 생각을 못 하고 에스컬레이터에 슬쩍 몸을 올렸다.

두 사람은 마음이 급했다. 역무원에게 묻기도 하고 역 주변을 찾아보았지만 아무것도 없었다. 시간은 이미 11시 반을 가리키고 있었다.

"안 되겠어요. 빨리 성수역으로 가요."

다시 뛰어서 성수행 열차에 탄 두 사람의 심장은 피로와 긴장으로 터질 것 같았다.

당장이라도 주저앉고 싶었지만 혹시라도 신데렐라 포장마차를 못 찾으면 어쩌나 하는 두려움에 성수역으로 가는 15분 내내 긴장의 끈을 놓을 수 없었다.

"빨리……."

"지금 몇 시죠?"

소주희가 묻자 김건은 골동품 회중시계를 꺼내서 '딸깍' 하고 뚜껑을 열었다.

"11시 50분요!"

차가 성수역에 도착해서 문이 열리자마자 소주희는 스프린터처럼 튀어나갔다. 김건은 손으로 모자를 눌러 잡고 허둥지둥 따라 뛰었다.

"어딘지 알 것 같아요. 역 앞에 공원이 있거든요. 아마 거기일 거예요. 카페에서 사진을……."

"앞장서세요!"

숨을 몰아쉬며 김건이 대답했다.

두 사람은 역을 빠져나와 근린공원 쪽으로 달려갔다.

"몇 시죠?"

"11시 58분!"

하루에 한 시간만 나타난다는 환상의 식당이 이제 2분 뒤면 사라진다.

"뛰어요!"

소주희가 김건의 손을 잡아끌고 달리기 시작했다. 김건은 날아가려는 모자를 손으로 잡고 뒤따라 달렸다. 자정 종이 치기 전에 사라지려는 신데렐라를 쫓아가듯 두 사람은 달리고 또 달렸다.

숨이 턱까지 차오르고 어깨가 떨어져나갈 듯 아파질 무렵, 저 앞에 공원이 보였다.

"저기요!"

그녀가 손으로 가리킨 곳에 푸드트럭 한 대가 서 있었다. 이미 영업을 마친 듯. 장사를 할 때 열어놓는 옆문이 닫히며 외부 등이 꺼졌다.

"벌써 끝났나 봐요."

그쪽을 향해 손을 흔들며 달려가는 두 사람을 뒤로하고 푸드트럭의 시동이 걸리며 헤드라이트가 켜지더니 트럭은 서서히 공원을 떠나 도로로 빠져 나갔다.

"아! 안 돼!"

"잠깐만요!"

두 사람이 '신데렐라 포장마차'를 향해서 마지막 힘을 다해 달려갔지만 차는 순식간에 빨려들 듯 어둠 속으로 사라져버렸다.

유치한은 고민에 빠져 있었다. 아버지의 고집은 잘 알고 있다. 그를 보기 전에는 절대 수술을 받지 않으실 것이다. 한시가 급한 수술이다. 내가 못 가면 아버지는 그대로 돌아가실 것이 분명하다! 유치한은 머리를 쥐어뜯으며 괴로워했다.

"자백하면 아버지를 만나게 해주지!"

신영규가 다시 말을 걸었다. 이번에는 한결 부드러운 말투였다.

"잘 생각해. 아버지, 수술 받으셔야지?"

신영규는 진술서와 펜을 유치한 앞으로 밀었다.

김건이 숨을 몰아쉬며 벤치에 드러누웠다. 두 손으로 무릎을 짚은 채 숨을 몰아쉬는 소주희의 눈에 눈물이 그렁그렁 맺혔다. 두 사람 다 아무 말도 할 수 없었다. 김건은 힘겹게 몸을 일으켜 그녀의 어깨에 손을 올렸다. 너무나도 허무한 마음에 기댈 곳을 찾던 소주희는 곧장 김건의 품으로 달려들어 안겼다. '허걱!' 예상외의 전개에 그는 그대로 얼어붙었다. '쿵!'

하고 심장이 떨렸다. 그는 자기도 모르게 그녀의 머리를 쓰다 듬어주고 있었다. 다시 한 번 아련한 그리움이 몰려왔다. 이게 뭐였지? 이 여자는 누구지? 기억이 나지 않는 답답함에 고개를 돌린 김건의 눈에 공원 반대편에 있는 뭔가가 들어왔다.

"앗! 주희 씨! 저거……."

"네?"

눈이 퉁퉁 부은 소주희가 김건이 가리킨 쪽을 돌아보고는 놀라서 벌떡 일어났다.

"아! 저거! 저거!"

소주희도 뒤를 돌아보며 깜짝 놀랐다. 사진에서 본 것과 같은 프랑스 국기처럼 빨강과 파랑, 하얀색으로 칠해진 푸드트럭…… 바로 신데렐라 포장마차였다!

스프링처럼 자리를 박차고 일어난 두 사람은 마지막 힘을 쥐어짜서 그곳으로 달려갔다. 아까 가버린 것은 다른 푸드트럭이었다. 이번만은 절대 놓칠 수 없다! 그들은 단숨에 공원을 가로질러 갔다. 짐을 정리하고 있던 젊은 외국인 남자가 숨 쉬는 것도 잊고 달려오는 두 사람을 보고 웃으며 맞이했다.

"*Bonsoir*(안녕하세요), 어서 오세요!"

"여기가! 커헉! 신데렐라! 포장마차! 커헉! 맞나요?"

소주희가 넘어가려는 숨을 간신히 붙잡으며 말했다.

"네. 손님들, 그렇게 불러요!"

그의 대답에 두 사람은 서로 등을 기대고 바닥에 털썩 주저앉고 말았다. 마침내 유치한의 무죄를 입증할 증인을 찾았다는 사실에 다리 힘이 다 풀려버렸다.

"오늘 영업 끝났어요. 음식 다 팔렸고요. 콩소메밖에 없는데 어쩌죠?"

두 사람은 손을 내저었다. 지금 음식이 중요한 것이 아니다!

"충전기! 충전기 있어요?"

"충전기? 네, 있어요."

남자가 자동차의 발전기에 연결된 충전기를 내밀자 주희가 허겁지겁 휴대폰을 연결하고 전원을 켰다. 그리고 서둘러 휴대폰에 저장된 유치한 작가의 사진을 찾아냈다. 외국 남자는 침착하게 기다리며 생수 두 병을 꺼내 주었다. 소주희와 김건은 감사하다는 말도 못 마치고 동시에 허겁지겁 물을 마셨다.

"어제도 여기서 장사하신 것 맞죠?"

"네, 좀 특별한 상황이라서……."

"그럼, 이 사람 기억하세요?"

사진을 보자마자 남자가 외쳤다.

"*Oui!*(맞아요!) 어제 이분 여기서 식사했어요."

"와! 됐다!"

"드디어 찾았어요!"

김건과 소주희는 손을 맞잡고 춤을 추듯 팔짝팔짝 뛰었다.

"무슨 일이죠?"

외국 남자의 궁금해하는 표정을 보고 소주희가 속사포처럼 말을 쏘아냈다.

"아, 죄송해요. 이 사람이 살인범 누명을 쓰고 지금 경찰서에 잡혀 있어요. 그래서 이 시간에 여기 있었다는 사실을 증명해야 풀려날 수 있어요. 이분 아버지가 빨리 심장수술을 받으셔야 돼서 시간이 없거든요."

말이 너무 빨라 이해할 수 있을까 걱정했지만 놀랍게도 이 외국인은 주희의 말을 전부 이해하고 고개를 끄덕였다.

"아, 그랬군요. 그럼 당연히 도와드려야죠."

"하지만 어떻게 증명하죠? 사장님 말만으론 증거 능력이 약한데……."

잠시 생각하던 외국 남자가 자신의 휴대폰을 꺼내 뭔가를 찾더니 폰을 내밀어 보여줬다.

"이거, 어제 여기 왔던 학생이 SNS에 올린 거예요."

그것은 두 명의 여고생이 이 포장마차를 배경으로 찍은 셀카 사진이었다.

'대박! 야자 끝나고 집에 가다가 신포 발견!'

그리고 그들의 뒤쪽에 혼자 앉아서 눈을 감은 채 음식 맛을 느끼고 있는 유치한 작가의 모습이 보였다. 사진을 올린 시간을 확인해보니 정확히 7월 22일 11시 35분이었다!

그리고 보기에도 맛있어 보이는 음식 사진 밑에 '여기 프랑스 요리 풀코스가 9800원!'이라는 멘션도 있었다.

"됐어! 이제 유 작가님은 풀려날 거야!"

김건이 기쁨의 탄성을 질렀다.

"이거 팔로우 좀 할게요. 정말 감사해요."

마침내 증거를 찾은 두 사람은 간이의자에 앉아 숨을 돌렸다. 소주희에게는 너무도 숨 가쁜 밤이었다. 위기에 빠진 친구를 위해 이리 뛰고 저리 뛰다가 김건을 만나 단서를 잡았다. 만약 이 사람이 없었으면 어떻게 됐을까? 그녀는 새삼 존경의 눈빛으로 김건을 보고 있었다. 김건도 첫 만남부터 처음 만난 게 아닌 것 같은 이 여자에게 이상한 감정을 느끼고 있었다. 단순한 호감이 아닌 기시감에 연결된 복잡한 그리움…….

"두 분 사이좋으시네요."

남자의 말에 정신이 들고 보니 두 사람은 아직도 손을 맞잡고 있었다. 둘은 화들짝 놀라 얼른 손을 놓고 떨어져 앉았다. 김건은 목이 타는지 물만 벌컥벌컥 마셔댔다.

"그런데 두 분, 혹시 문제를 푸신 거예요?"

남자의 말에 김건과 소주희는 다시 서로를 마주 보며 빙그레 웃었다.

"네, 풀었어요."

"와! 멋져요! 두 분이 두 번째예요!"

"네? 그럼 벌써 문제를 푼 사람이 있다는 거예요?"

"*Oui!* 며칠 전에 문제를 풀고 간 사람이 있어요. 아, 저는 '프랑수아(François)'라고 해요. 만나서 반갑습니다."

"소주희라고 합니다."

"민간조사원 김건, 인사드립니다. 무슨 일이든 최선의 결과를 내겠습니다."

"민간…… 조사원?"

"탐정입니다. 디텍티브(detective)!"

"*Vraiment? Merveilleux!*(정말? 대단해!)"

프랑수아가 두 주먹을 불끈 쥐며 기뻐했다. '왜 이렇게 좋아하지?' 김건과 소주희는 서로 얼굴을 쳐다보았다.

"이거 축하 선물입니다. 공짜예요!"

프랑수아는 수프 그릇에 담은 콩소메를 두 사람 앞에 놓았다. 김이 '모락모락' 나는 수프의 고소한 고기 냄새와 은은한 허브 향에 두 사람은 자기도 모르게 침이 꼴깍 넘어갔다.

"아, 그럼, 잘 먹겠습니다."

"감사합니다."

김건이 둥근 스푼으로 콩소메를 떠서 한입 마셨다. 고소하면서 담백한 고깃국물이 입안에서 왈츠를 추는 것처럼 휘돌았다. 부케가르니(야채 다발)의 향미가 코를 빠져나가며, 부드럽게 목구멍을 넘어간 국물이 온몸에 빨려들 듯 스며들어 따듯한 기쁨을 전해주었다.

"이거…… 정말 맛있다! 기억 속에 있는 맛이네요."

수프를 맛본 김건이 감탄했다.

"아저씨, 이거 전에 먹어본 적 있어요?"

"네, 수업 중에…… 그런데 아저씨요?"

"죄송해요. 저는 저보다 나이 많은 남자들을 다 아저씨라고 부르거든요. 그럼 탐정님을 뭐라고 부르죠?"

"한국에선 탐정이 아니라 민간조사원이라고 불러요."

"너무 긴데요, 그냥 탐정 아저씨라고 하면 안 돼요?"

"안 되긴요. 주희 씨 좋을 대로 부르세요."

소주희도 콩소메를 입에 넣고는 눈을 감고 맛을 음미했다.

"저도 요리산데 우리 식당하고 느낌이 달라요. 좀 더 부드러운 느낌이에요."

"제 건 일반 가정집 맛이에요. 가정식은 식당용과 다르게 소금 간과 지방을 적게 하거든요."

주희가 고개를 끄덕일 때 김건은 품위 없이 수프 그릇을 들고 마셨다.

"어이, 아저씨! 무슨 짓이에요!"

소주희의 핀잔에 김건이 다시 그릇을 내려놓았다.

"아, 미안해요. 느낌이 어딘가 설렁탕 비슷해서……."

"무슨 소리예요? 설렁탕은 뽀얀 국물이잖아요? 완전 달라요!"

"그런가요?"

두 사람이 티격태격하는 사이로 프랑수아가 끼어들었다.

"*Non*!(아니에요!) 한국 설렁탕 중에도 콩소메하고 비슷하게 만드는 곳, 있어요."

"네?"

"어디가요?"

"나주식 설렁탕요!"

"나주요?"

"설렁탕 만드는 방법, 두 가지인 거 아시죠? 하나는 뼈, 사용해서 하얗게 끓이고 또 하나는 뼈 없이 고기로만 끓이는 거예요."

"응? 그건 곰탕 아니에요?"

"잠깐만요!" 김건이 관자놀이를 양손 끝으로 누르고 앞으로 두 번 뒤로 두 번 돌렸다. 마치 닫혀 있는 금고 문을 여는 것처럼 보였다.

"설렁탕은 몽고인들이 먹던 '술루'가 기원이라고 해요. 그것이 나중에 '설렁'탕으로 바뀐 거죠. 그리고 몽고인들은 이 음식을 한자로 공탕(空湯)이라고 기록했다네요. 즉, 설렁탕과 곰탕은 원래 기원이 같다는 뜻이죠."

프랑수아의 눈이 둥그레졌다. "와, 그걸 다 아세요?"

"백과사전을 외우신대요."

"친구, 없으신가 봐요."

"왜 다들 그렇게 말하지?"

프랑수아의 농담에 김건이 인상을 찌푸리며 말했다.

"나주식 설렁탕은 뼈를 안 쓰고 고기만 써서 오랫동안 끓여요. 그리고 중간에 파, 양파 등 여러 야채를 넣고 끓이죠. 기본적으로 콩소메와 조리법 비슷해요."

프랑수아의 설명에 소주희가 고개를 끄덕였다.

"아, 그렇구나! 고마워요."

"맞다! 나주!"

김건이 짝! 하고 박수를 치자 놀란 소주희가 되물었다.

"네? 뭐요?"

"유 작가님 살던 집주인 할머니가 '나주댁'이었어요!"

"아, 그래요? 무슨 관계가 있을까요?"

"지금부터 알아봐야죠! 응? 잠깐! 저건……."

김건이 푸드트럭 벽 안쪽에 걸려 있는 이상한 그림을 발견했다. '게티아(Goetia)'라고 써진 제목 아래 복잡한 별 모양이 그려져 있었다.

"저건 뭐예요?"

"아, 저거요. 어떤 분이 선물하신 거예요."

"게티아, 솔로몬의 작은 열쇠(The Lesser Key of Solomon)……. 아, 이거 레메게톤(Lemegeton)이네요?"

"어? 이거 아세요?"

프랑수아가 놀란 표정으로 물었다.

"레메게톤, 총 5부작으로 솔로몬 왕이 악마를 다루는 법을 기록한 책, 이 중 1권 게티아에……."

김건이 머릿속 백과사전을 뒤지는데 갑자기 주희가 벌떡 일어났다.

"맞다, 유 작가님! 아저씨! 우리 빨리 가야 돼요!"

"아, 그래요!"

두 사람은 서둘러 자리에서 일어났다.

"그럼 나중에 다시 들를게요. 감사합니다."

"제 이름은 프랑수아 마르셀이에요! 다음에 만나요!"

급하게 뛰어가는 두 사람을 보며 프랑수아가 빙긋 웃었다.

"*Bienvenue!*(환영해요!)"

—◦◦◦◦◦—

유치한은 자신이 쓴 진술서를 훑어보고 있었다. 문학을 위해서 오랫동안 수련해온 작가인 자신이 사람을 죽였다는 진술서를 자기 손으로 쓰게 될 줄은 꿈에도 몰랐다. 그렇게나 많은 책을 읽고 아름다운 문장을 쓰려고 노력해왔지만 진술서의 문장은 지나치게 단순하고 직설적이었다. 자신의 오랜 노력이 통하지 않게 된 현실이 막막했다. 하지만 아버지를 살리기 위해서 어쩔 수 없다고 믿어버렸다. 이것이 그의 한계였다. 극한까지 갈고 닦은 이성과 감성의 양 축 중 이성이 마비되자 감성만이 걷잡을 수 없이 뻗쳐나갔다. 아직도 세상 물정을 잘 모르는 소설가는 먹먹한 가슴으로 이것이 유일한 방법이라고 생각해버렸다. 억울하지만 다른 방법이 없었다. 눈에서 흘러내린 흐느낌이 진술서 위로 떨어졌다. 유치한이 진술서에 서명한 뒤에 내밀자, 신영규 형사는 그것을 집어 들고 내용을 확인했다.

"야, 역시 작가라서 그런가? 문장이 좋네. 군더더기도 없고……."

그는 비웃듯 진술서에 떨어진 눈물을 손끝으로 튕겨냈다. 날아간 물방울이 다시 유 작가의 얼굴로 튀었다. 자기도 모르게 눈을 감았다가 다시 뜬 유치한의 눈빛이 분노로 타올랐다.

"당신은 내 약점을 이용해서 누명을 씌웠어! 나는 평생 오늘 일을 잊지 못할 거야!"

"누명? 모든 증거가 당신을 가리키는데?"

"아니! 당신은 내 말을 들으려고 하지도 않고 처음부터 나를 범인으로 몰았어! 당신은 나라는 사람을 보지 않고 범인이라는 틀 속에 나를 억지로 끼워 넣었잖아! 그게 무슨 뜻인지 알아? 당신은 인간임을 포기한 거야!"

신영규가 코웃음을 쳤다.

"틀렸어! 지금 당신이 포기했다고 하는 건 인간이 아니라 인정이다! 정의와 인정은 양립할 수 없어! 난 정의를 위해서 인정을 포기했다. 지금 당신 앞에 있는 건 귀신이고 도깨비야! 인간적으로 경찰 짓하다가 뒤통수 맞고 정신 차렸지! 그러니까 당신은 인간답게 감옥 가서 '수용소군도'*나 쓰라구!"

---

* 러시아 작가 솔제니친이 소련의 강제 수용소를 사실적으로 묘사한 소설.

"당신……!"

김정호 형사가 조사실 문을 노크도 없이 열어젖힌 건 그때였다. 다른 때였으면 '조인트를 깠겠지만' 사건을 해결한 기쁨에 신영규는 전에 없이 관대했다.

"문 좀 살살 여세요~."

"선배님, 잠깐……."

김정호 형사가 신영규의 귀에 대고 속삭였다.

"유치한 씨 알리바이 증명됐습니다."

"뭐?"

"어젯밤 11시부터 12시까지 다른 곳에 있었답니다. 같이 있던 사람 SNS에 사진이 올라왔습니다."

"분명해?"

"예, 사진 올린 당사자한테 직접 확인했습니다. 같이 있었답니다."

"거기가 어딘데?"

"프랑스 요리를 파는 푸드트럭이랍니다."

"아직 모르는 거 아냐? 돌아와서 작업했을 수도 있고……."

"불가능합니다. 그 푸드트럭이 있던 위치가 걸어서 30분 거리였습니다. 유치한 씨 귀가 시간은 12시 반이었습니다. CCTV도 확인했습니다."

신영규의 표정이 사납게 일그러졌다.

"사진……."

김정호 형사가 휴대폰을 보여주었다. 틀림없는 유치한의 모습이 사진에 담겨 있었다. 이를 갈며 사진을 보던 그의 눈동자가 뭔가를 발견하고 커졌다.

"처리해!"

신영규는 진술서가 들어 있는 서류철을 김정호 형사에게 던지듯 맡기더니 그의 휴대폰을 빼앗아 들고 밖으로 나가버렸다.

"제 휴대폰……." 하고 김정호 형사가 신영규를 불렀지만 이미 그는 사라진 후였다.

밖으로 나온 신영규는 김정호 형사의 휴대폰으로 어딘가로 전화를 했다. 신호가 가고 한참 만에 상대방이 전화를 받았다.

"Hey! John! Wake up, sleepy head. What time is it now? 5 in the morning? It's about time to get up. (어이! 존! 일어나라고, 잠꾸러기 씨. 거긴 지금 몇 시야? 새벽 5시? 그럼 일어날 때 됐잖아?)"

상대방의 투덜거리는 목소리가 수화기 너머로 들려왔다. 신영규는 아랑곳없이 말을 이었다.

"*I have a favour to ask. Do you remember that case we worked together with INTERPOL? Yes. That internationally organized art thieves! I found a guy using their symbol. Yes! I'll send his photo. Let me know his identification. ASAP! Oh, tell Lora I said hi!* (부탁이 있어. 지난번에 인터폴과 같이 협력했던 사건 기억나? 그래 국제 미술품 절도단 사건! 그 표식을 쓰는 놈을 발견했어. 그래, 그놈 사진을 보낼 테니까 신원확인 좀 해줘. 최대한 빨리! 아, 로라한테 안부 전해줘.)"

수화기 너머로 '그르릉'거리는 여자 목소리가 들려왔다.

"*Always charming, Lora! See you soon.* (언제나 매력적이군, 로라! 그럼 안녕.)"

신영규는 전화를 끊고 신데렐라 포장마차를 찍은 사진을 열고, 전자펜으로 프랑수아의 얼굴에 빨간 원을 그린 다음 다시 벽 한쪽 그림에 빨간 원을 그렸다. 그리고 그 사진을 메일로 전송했다.

유치한이 경찰서 정문으로 나오자 김건과 소주희가 기다리고 있다가 반가운 얼굴로 그를 맞이했다.

"아! 소 선생님이 도와준 거예요?"

"아니요, 여기 김건 조사원님이 도와주셨어요."

유치한은 90도로 허리를 구부리며 인사했다.

"감사합니다. 정말…… 감사합니다."

"아닙니다. 빨리 병원으로 가보셔야죠. 밖에 택시가 기다리고 있습니다."

"그래요, 빨리…… 정말 감사합니다."

유치한이 한 손으로 눈을 가렸다. 그 아래로 뜨거운 눈물과 콧물이 줄줄 흘러내렸다.

소주희가 자신의 손수건을 건네주자 계속 "감사합니다."를 연발하던 유치한이 눈물, 콧물을 닦고 다시 돌려주었다.

"아…… 그냥 가지세요."

소주희의 말에 유치한은 다시 감사하다며 힘차게 '팽' 하고 코를 풀었다.

두 사람은 휘청대는 유치한을 부축해 택시로 이끌었다.

"김건!"

경찰서 입구에서 주머니에 손을 넣은 신영규가 매서운 눈길로 김건을 쏘아보고 있었다.

"네가 방해하든 말든 내가 범인을 잡을 거야. 알았어?"

김건은 태연한 얼굴로 그를 마주 보았다.

"진짜 범인을 잡아야죠. 그래서 제가 도와드리러 온 거 아
닙니까?"

김건이 두 손가락으로 모자를 고쳐 쓰며 말했다.

"그럼!"

그러고 난 그는 무대를 퇴장하는 배우처럼 여유롭게 택시
에 올라탔다. 신영규는 한동안 그들의 뒷모습을 노려봤다.

"쳇!"

그의 얼굴에 복잡한 감정이 올라왔다.

"선배님!"

김정호 형사가 손에 태블릿PC를 들고 달려왔다.

"뭐야?"

"이것 좀 보세요!"

그것은 지금은 폐간된 어느 미술잡지의 인터뷰 기사였다.

'신윤복의 그림과 국밥집 여주인'이라는 제목의 기사에는
신윤복의 작품 중 '주사거배(酒肆擧盃)'라는 그림을 소유한
피해자 나주댁이 그것을 소유하게 된 배경과 힘들게 아들을
키우며 성공을 거둔 일화 등이 소개되어 있었다. 나주댁은 이
그림을 목숨보다 소중하게 여긴다고 했다.

"신윤복의 주사거배!"

"값을 매길 수도 없는 보물이죠."

신영규가 어두운 밤하늘을 노려보며 말했다.

"이 그림을 훔쳐 간 놈이 진짜 범인이야!"

"기사님, 빨리 좀 가주세요. 시간이 없어요."

병원으로 향하는 택시 안에서 유치한 작가는 오직 두 가지 일만 했다. 운전기사에게 끊임없이 독촉을 하는 나머지 시간은 기도를 하듯 두 손을 모아 이마에 대고 있었다. 경찰서에서 병원까지는 차로 20분 정도 거리에 불과했지만 그에게는 핼리 혜성이 태양 주위를 도는 시간만큼 길게 느껴지는 것 같았다.

병원에 도착하자마자, 유치한은 중환자실로 달려갔다. 이미 면회가 끝난 시간이었지만 병원 측의 배려로 면회를 할 수 있었다. 서두르다가 유리문에 부딪히고 벽 모서리에 몸을 찧었지만 아픈 줄도 모르고 서둘러 손을 소독한 뒤에 아버지의 병상으로 달려갔다.

"아버지! 저 왔어요. 치한이에요. 아버지!"

그의 간절한 부름에 응하듯, 유치한의 아버지가 가늘게 눈을 뜨고 떨리는 손을 들어 아들의 손을 잡았다.

"아버지!"

유치한이 눈물을 흘리며 아버지를 불렀다.

밖에서 그 모습을 지켜보던 두 사람의 눈시울도 뜨거워졌다.

"아, 잘됐네요. 정말……."

눈이 빨개진 김건이 중얼거렸다.

"수술도 잘돼야 할 텐데."

"잘될 거예요. 갑시다! 이제……."

"어디로요?"

"진짜 범인을 잡아야죠."

김건이 결의에 찬 얼굴로 말했다.

"혹시 '문제 유기체설'이라고 들어봤어요?"

병원 밖에서 소주희와 함께 택시를 기다리던 김건이 불쑥 질문을 던졌다.

"아뇨? 그게 뭐예요?"

"일종의 인공생명 이론인데요, 문제를 그 자체로 하나의 생명으로 간주하고 연구하는 이론이죠. Matter Organism Theory, 줄여서 M. O. T.라고 하죠."

"와, 그런 이론이 다 있어요?"

"문제를 탄생 전, 탄생, 성장의 3단계로 구분하고 문제가 해결되면 수명이 다한 것으로 보죠."

"신기하네요. 그런데 그게 진짜 범인을 잡는 거랑 무슨 관계가 있어요?"

"이 M. O. T.를 범죄수사에 특화시킨 이론이 있어요. Case Organism Theory, 줄여서 C. O. T.라고 하죠. 지금부터 이 사건을 여기에 넣어서 풀어볼 겁니다."

김건을 바라보는 소주희의 눈빛이 갑자기 촉촉해지며 볼이 더욱 빨갛게 타올랐다.

"응? 갑자기 왜 그래요?"

"저, 옛날부터 유식한 남자가 이상형이었거든요. 탐정 아저씨, 너무 멋져요."

"아, 이거 참, 아하하……."

김건은 빨개지려는 얼굴을 숙이며 A4 용지 한 장을 반으로 접더니 다시 그것을 삼등분해서 접고 가운데 몸통만 남겨둔 다음 삼등분한 지점을 길게 찢었다. 그리고 그렇게 생겨난 6

개의 사각형을 각각 접어 올려 삼각형으로 만들었다. 완성된 종이 모형은 날카로운 세 개의 이빨 같은 형상이었다.

"이게 뭐처럼 보이죠?"

"음, 무슨 애벌레 같은데요?"

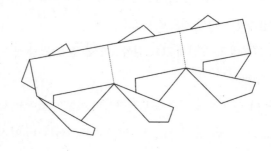

김건이 감탄했다.

"맞아요. 통찰력이 있으시네요. 이건 바로 C. O. T.를 설명하는 가장 초기형 모델인 라바(Larva)예요. 여기에……."

김건이 금빛 만년필을 꺼내서 라바의 왼쪽에 삼각형, 가운데에 사각형, 오른쪽에 동그라미를 그렸다.

"이건 각각 상태를 설명하는 '상태 도형'이에요. 삼각형(△)은 가장 안정된 구조로 '문제 발생 전(TRIGGER)'을 나타내죠. 모든 문제는 아직까지 나름의 균형을 유지하고 있어요. 가운데 사각형(□)은 불안정한 구조로 '사건 발생(EVENT)'을 의미

해요. 그리고 둥근 원(○)은 '현재(PRESENT)'를 나타내죠. 자, 이제 사건을 대입해서 모델을 만들어볼까요?"

김건은 종이 모델의 삼각형 '상태 도형' 부분을 넓게 펴서 삼각형으로 접었다. 그리고 그 위에 네 개의 이중 원(◎)을 그려 넣었다가, 하나에는 X표를 쳤다.

"이건 이 사건을 지탱하는 '주요 인자(RESOURCE)'들이에요. 이 인자들은 이 동물의 신경선(NERVE) 같은 역할을 해요. 이 요소들이 모두 사라지면 사건은 죽는 거예요. 즉, 사건이 소멸하는 거죠."

그는 세 개의 인자에 '유 작가, 아들, 이웃집 할머니'라고 적었다. 그리고 가늘게 찢은 냅킨으로 만든 종이끈을 각각의 인자와 모델 위에 그려진 세 개의 도형에 투명 테이프로 연결시켰다. 그리고 둥근 원 모양의 끄트머리를 삼각형으로 안쪽으로 접어 넣고 다시 삼각형 뿔이 나오도록 접었다. 김건이 완성된 모양을 눈앞에 놓자, 소주희가 재미있다는 듯 돌려봤다.

"이거, 무슨 새우 같네요?"

"대단하시네요! 이 모델을 프론(Prawn, 새우)이라고 해요. 가장 간단한 발전 형태죠."

김건이 모형을 들어 올리며 가위표로 지운 이중 원을 가리켰다.

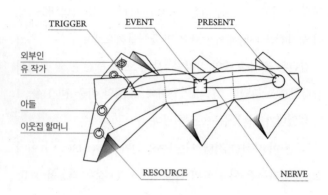

"이 사건은 처음부터 외부인 침입 가능성이 아주 낮아요. 그러니까 이 사건의 생명을 유지시켜주는 신경선은 이 세 사람뿐이죠. 그런데 이 중 한 사람의 알리바이가 증명됐어요."

그의 손이 '유 작가'와 연결된 종이끈을 끊어버렸다.

"이제 남은 건 둘뿐이죠."

갑자기 '삐리릭 삐리릭' 하며 김건의 스타택 휴대폰이 울기 시작했다. 이런 전화벨 소리를 처음 듣는 소주희는 신기하기만 했다.

"실례합니다."

김건이 전화기를 들었다.

"아, 김 형사! 수건에 묻은 성분 분석 결과가 벌써 나왔어?

응, 응…… 건선 치료에 쓰이는 연고제? 알았어. 고마워! 아, 그리고 그 아들 집에 가서 알리바이를 확인했던 경관 말이야, 그래, 내가 물어본 것 확인했어? 응, 응, 집 안에서 아무 냄새도 안 났다고…… 그래, 고마워!"

전화를 끊은 뒤, 모델을 집어 들고 유심히 살펴보던 김건이 두 손가락으로 '아들'과 '이웃집 할머니'를 연결한 선을 만지며 살짝 코웃음을 쳤다.

"그래, 그렇게 된 거로군!"

그러고는 갑자기 두 손으로 종이 모델을 '와그작' 하고 뭉개버렸다.

놀란 소주희가 두 눈을 동그랗게 떴다.

"이 사건은 이미 수명이 다했습니다!"

김건은 허공을 노려보며 말했다.

조사실에 들어온 이웃집 할머니, 이복자는 불안한 눈으로 사방을 두리번거렸다. 복승아 형사는 처음부터 딱딱한 얼굴에 무서운 눈으로 노려보고 있어서 시선을 마주치기도 어려웠다. 할머니 취조라서 여자 형사가 들어왔지만 운이 없게도 복숭아 형사는 주먹만 한 예쁜 얼굴과는 달리 남자들도 기가 죽게 만드는 심문의 프로였다.

"이복자 씨 맞죠?"

"맞아요, 그런데 나 왜 여기 데려왔어요? 내가 심장이 뛰어서…… 무서워서 그래요."

"조사 마치고 혐의 없으면 바로 돌려보내드릴 겁니다."

"아유, 저 죄 없어요. 좀 보내주세요. 형사님…… 예?"

"아드님이 있으시다고 나오는데, 같이 안 사시나요?"

"아들…… 이요? 그 애는 왜요? 저 그 애 안 본 지 오래됐어요."

"아드님하고 며느리 같이 사시는 거 아니에요? 조사 때 그렇게 말씀하셨잖아요?"

"아, 그때는 그렇게 말했는데……."

"그래요? 그럼 거짓말하신 거네?"

한동안 말없이 할머니를 노려보던 복숭아 형사가 뒤춤에서 수갑을 꺼내서 테이블 위로 올려놓았다.

'철그렁!' 하는 쇳소리가 신경을 건드렸다.

"그…… 그건 왜요?"

이복자의 말에 대답도 안 하고 복숭아 형사는 다음 질문을 이어갔다.

"살해당한 김갑분 할머니와는 무슨 관계였죠?"

"그냥 한동네 이웃이었어요. 오래됐죠. 벌써 한 30년 됐나?"

이복자의 불안한 눈길이 수갑을 향해 있었다.

"그것뿐인가요?"

"그것뿐이죠. 언니 동생 하는 사이였어요."

"이웃분들 말로는 김갑분 씨가 이전에 하던 식당에서도 일 하셨다던데?"

"네? 아, 그건 가끔씩 바쁠 때 도와달라고 해서 도와준 것 뿐이에요."

"그런데 여기는 3년 넘게 정식 직원이었고 4대 보험도 들어 준 것으로 나오네요?"

"그…… 그건……. 맞아요. 한때 거기 직원이었어요."

"그런데 왜 아니라고 하셨어요?"

"그냥…… 부끄러워서……."

복승아 형사는 말없이 수갑의 왼쪽 팔찌를 드르륵하고 밀 어서 열었다. 그 섬뜩한 쇳소리에 이복자가 흠칫 몸을 떨었다.

"아드님 이름이 박동수 맞죠? 72년생?"

"네, 맞는……데요."

"최근에 교통사고를 냈네요? 피해자한테 3000만 원을 배상하라고 판결받았고요. 보험이 없었네요?"

"네…… 그래요. 며느리가 병이 나서 혼자서 밤새 일하다가…… 그만……."

"그래요?"

복승아 형사가 수갑 쪽으로 손을 뻗다가 멈췄다. 이복자의 신경이 온통 그 수갑으로 가 있었다.

"김갑분 할머니한테 돈 빌린 적 있으세요?"

"네? 아…… 아뇨! 없어요! 절대!"

"돈거래 한 적이 한 번도 없으세요?"

"네…… 저는 남하고 돈거래 안 해요."

"그거 이상하네요? 예전 나주댁 설렁탕 직원들 말로는 이복자 씨가 돈놀이를 하셨다던데?"

"네?"

"2부 이자면 20프론가요?"

"아니요! 무슨! 100만 원 빌려주고 2만 원씩 연 24만 원이에요."

"누가 100만 원씩 빌리나요? 1000만 원 빌리면 월 20만 원, 연 240만 원이죠?"

"그렇죠."

이복자가 기어들어가는 목소리로 대답했다.

"그러니까 돈놀이를 하신 건 맞네요?"

"어휴, 저 같은 과부가 살아가려면 다른 방법 없어요. 방석집에 가서 술 따르든가. 돈놀이 하든가 둘 중 하나예요."

"이복자 씨!"

복승아 형사가 책상을 내리치며 소리쳤다.

"아우! 애 떨어지겠네."

"지금 저하고 이야기 시작한 지 10분도 안 됐는데 벌써 거짓말을 세 가지나 하셨어요. 맞죠?"

"제가 무슨 거짓말을 해요? 생사람 잡지 마세요."

"첫 번째, 아드님하고 연락을 안 하신다더니 최근 소식도 잘 알고 계셨죠?"

"그건…… 저기……."

"두 번째, 식당일 안 했다고 하셨는데 3년 넘게 일했고요!"

이복자가 기어들어갈 듯 고개를 숙였다. 하지만 복승아 형사는 이 할머니가 능구렁이라는 사실을 이미 알고 있었다. 얼핏 보기에는 겁을 먹은 것 같지만 교활한 눈빛은 계속 빠져나갈 구멍만 찾고 있었다.

"마지막으로 돈거래 안 하신다던 분이 돈놀이로 유명하셨고요?"

"잡혀갈까 봐 겁나서 그랬어요. 그 정도 안 하는 사람이 어디 있어요?”

“이복자 씨, 이 수갑 왜 꺼냈는지 아세요?”

복숭아 형사가 수갑의 오른쪽 고리도 드르륵하고 밀어서
열었다.

“아뇨? 왜요?”

“거짓말 한 번만 더 하시면 수갑, 채울 겁니다.”

“네? 아유, 잘못했어요. 이제 다시는 거짓말 안 할게요.”

“한 번만 더 거짓말을 하시면 아드님을 불러와서 같이 조
사할 거예요!”

“네? 아, 안 돼요! 우리 동수는 아무것도 몰라요. 제발…….”

“아드님은 모르신다니, 무슨 뜻이죠? 뭘 모른다는 거
예요?”

아들 이야기가 나오자 갑자기 이복자 할머니의 눈에 이슬
이 맺혔다.

“안 돼요! 말 못 해요!”

“말을 못 한다고요? 그건 뭔가를 알고 있다는 거죠?”

“약속을…… 약속을 했어요. 아들 살리려면 돈을 받아야
돼요. 제가 말을 하면…….”

“무슨 약속을 누구하고 하셨어요?”

“그게…… 저…….”

무섭게 노려보는 복승아 형사의 눈빛에 이복자가 고개를 돌렸다.

"죽은 김갑분 씨 얼굴에 덮여 있던 수건에서 건선 치료에 쓰이는 연고 성분이 나왔어요. 할머니 손에 건선 있죠?"

이복자가 흠칫 놀라며 주먹을 쥐어 손을 가렸다.

"네? 네……."

"그날 김갑분 씨 얼굴에 수건 덮어준 거 이복자 씨 맞죠?"

"아, 그건, 저……."

"이복자 씨……."

복승아 형사가 수갑을 집어 들며 낮은 목소리로 물었다.

"김갑분 할머니, 누가 죽였어요?"

오후 3시경에 경찰서 구내식당으로 사람들이 모여드는 것은 이상한 일이었다. 열 명이 넘는 사람들이 입구에서 경비를 서는 경관에게 경찰서 구내식당의 위치를 묻고 안으로 들어가는 일이 반복되자 그는 고개를 갸우뚱했다. 일반인들이 외부인 출입이 금지된 경찰 식당으로 찾아가는 일은 별로 없었기 때문이다. 이렇게 경찰 식당으로 찾아든 사람들은 복승아 형사의 안내를 받아 배치된 테이블에 둘러앉았다. 20대 군인에서 60대 이상의 노인까지 다양한 연령대의 사람들이 모여 4인용 테이블 세 개가 모두 다 채워졌다. 마지막으로 죽은 김갑분의 아들 성종규가 김정호 형사와 함께 들어오자, 하얀색 조리사복과 모자를 쓴 김건과 소주희가 밀차에 큰 스테인리스들통 두 개를 싣고 나타났다.

"이렇게 모여주셔서 대단히 감사합니다."

김건이 정중하게 고개를 숙였다.

"오늘 저희는 돌아가신 나주댁 김갑분 할머니의 '나주댁 설렁탕'을 재현하려고 합니다. 그래서 과거 김갑분 할머니의 설렁탕 맛을 잘 아시는 단골분들을 특별히 초대했습니다. 부디 저희가 재현한 '나주댁 설렁탕'을 맛보고 품평해주시기 바랍니다. 음식은 여기 소주희 셰프께서 수고해주셨습니다."

"소주희입니다. 감사합니다."

김건과 소주희가 인사하자 테이블에 모인 사람들이 박수를 쳤다. 이들은 과거 '나주댁 설렁탕'에 자주 가던 사람들로 맛 블로거와 나주댁 할머니의 지인, 오랜 단골들로 구성되어 있었다. 김건과 소주희가 인터넷 카페와 이전 식당 관계자들을 통해 참석을 부탁한 사람들이었다.

"아니, 우리도 기대가 커요. 옛날 '나주댁 설렁탕' 문 닫고 그 맛을 너무나도 그리워했는데 다시 맛볼 수 있다는 말을 듣고 얼마나 좋던지……."

지팡이를 짚고 나비넥타이를 맨 나이 지긋한 노신사가 말하자, 옆의 젊은이도 "저도 거기서 먹다가 다른 데 가니까 맛이 없더라고요." 하고 거들었다.

하지만 그중에 한 사람만 얼굴이 검게 변했다. 바로 나주댁의 아들 성종규였다.

"이거 뭡니까? 확인할 게 있다고 해서 왔는데 뭘 재현한다고……."

"잠깐만 같이 보시죠. 아드님께서 어머니 손맛만 확인해주시면 됩니다."

김정호 형사가 웃으며 말했다.

"돌아가신 어머니만 아는 비법을 저 사람들이 어떻게 안다는 거요?"

"그래서 옛날 단골들을 모신 겁니다. 저분들은 맛을 기억하실 테니까 기다려보시죠."

"난 필요 없어요. 이런 놀이는 당신들이나 해요."

성종규는 화를 내며 벌떡 일어나서 식당 밖으로 나가려 했다. 하지만 입구에 서 있던 신영규 형사와 마주치자 머뭇머뭇 뒷걸음질 쳤다.

"성종규 씨, 미국행 비행기 표를 끊으셨더라고요."

"저…… 전부터 예정된 겁니다. 사업 차 가는 거예요."

"밤 9시 비행기던데 아직 시간 있잖아요. 조금만 협조해주시죠. 아니면 임의로 동행할까요?"

신영규의 압박에 성종규는 마지못해 다시 자리에 앉았다. 신영규와 김정호는 성종규의 양쪽에 앉았다. 이제 그는 두 형사의 사이에 끼여서 더욱 기가 죽은 모습이었다.

그때였다. 기대하지 않았던 또 한 사람이 식당 안으로 들어섰다. 바로 유치한 작가였다.

"선생님!"

소주희가 그를 보고 크게 반겼다.

"덕분에 아버지 수술은 잘 끝났습니다. 정말 감사드립니다."

유치한이 정중히 허리를 숙여 인사했다.

"여긴 어쩐 일이세요?"

"싫든 좋든 저도 이 일에 관계가 된 것 같아서요. 두 분이 진짜 범인을 잡는 모습을 보고 싶어서 왔습니다."

유치한이 신영규 형사를 보고 자기도 모르게 꼭 쥔 주먹을 부르르 떨었다. 하지만 그는 애써 숨을 고르고 자리에 앉았다. 모두가 테이블에 앉자 김건이 안내를 시작했다.

"지금부터 두 종류의 설렁탕을 맛보실 겁니다. 반드시 두 종류를 다 맛보시고 솔직하게 평가해주시기 바랍니다. 정확하게 맛을 비교하기 위해서 국물 외에 다른 건더기는 넣지 않았습니다. 식사는 평가가 끝난 후에 밥과 고명, 김치까지 준비해서 드릴 예정이오니 나중에 천천히 즐겨주시기 바랍니다."

소주희가 '1'이라고 써진 들통의 뚜껑을 열고 국자로 김이 모락모락 나는 하얀 국물을 세 개의 뚝배기에 담았다. 김건이 그 그릇을 쟁반에 받쳐 들고 신영규와 김정호 형사, 성종규의 앞에 가져다 놓았다.

"자, 세 분이 먼저 맛을 봐주십시오. 이 설렁탕은 나주댁의 아들인 성종규 씨가 사건이 일어난 날에 만들었다는 설렁탕을 재현한 겁니다."

성종규는 건성으로 냄새만 맡고 고개를 끄덕였다.

"네, 비슷하네요. 제가 만든 거하고……."

"감사합니다. 그럼 신영규 형사님과 김정호 형사님, 그날 현장에서 맛보신 설렁탕과 비슷한가요?"

신영규와 김정호 형사는 뚝배기를 들어 후루룩 마시고 나서 입맛을 다셨다.

"그날 현장에서 먹은 것과 완전히 같은 맛이다."

"바디감이 어쩌고는 안 하십네까?"

김정호 형사가 북한 말투로 놀리자, 신영규가 '쯧!' 하고 말을 잘랐다.

"네, 그날 현장에서 성종규 씨가 만들어 온 설렁탕과 완전히 같은 맛이라는 거죠? 신 형사님?"

"그래!"

"알겠습니다. 성종규 씨는 이 설렁탕이 어머니의 비법을 재현한 것이라고 말했습니다. 맞나요?"

"네, 맞아요."

성종규는 두 형사가 양쪽에서 재촉하자 마지못해 국물을 한 모금 마시고 대답했다.

"다시 한 번 정확히 확인 부탁드립니다. 이 설렁탕이 성종규 씨가 어머님 나주댁의 비법대로 만든 그 맛인가요?"

"네! 맞아요! 맞다니까요!"

짜증 섞인 대답에 김건은 오히려 만족스러운 미소를 지었다.

"좋습니다. 그럼 다른 분들께도 이 설렁탕을 나눠드리겠습니다."

주희가 인원수에 맞게 뚝배기에 설렁탕을 담고 김건이 단골손님들의 테이블로 옮겼다.

"자, 과거 '나주댁 설렁탕'의 단골 여러분. 이 설렁탕을 맛보시고 과거의 그 맛인지 말씀해주시기 바랍니다.”

“이게 뭐요?”

아직 음식에 손도 대지 않은 나비넥타이 노인이 불만스럽게 물었다.

“아니, 예전 나주댁 설렁탕 맛을 보게 해주겠다더니 이거 장난하는 거요?”

“아우, 이거 아닌데?”

“맛이 뭐 이래?"

테이블 여기저기서 원성이 나왔다.

“많이 이상하신가요?”

“아, 이상하다마다! 예전 ‘나주댁 설렁탕’은 국물이 이렇게 탁하지 않았어요. 가슴속까지 시원해지는 맑은 국물이었다구!”

“그렇군요.”

“일반적인 설렁탕은 잡뼈를 넣어서 국물이 하얗지만 ‘나주댁 설렁탕’은 양지머리 살로만 국물을 내서 투명에 가까운 맑은 국물이었어요. 이것과는 완전히 다릅니다!”

잠자리 안경을 쓴 중년 여성 맛집 블로거가 전문가 포스로 말했다.

“그렇군요. 그럼 이 설렁탕 맛은 어떻습니까?”

"맛은 그냥 전형적인 공장 설렁탕 맛이에요. 소고기 육수 엑기스에 MSG를 넣은 거요."

"거기다가 커피 프림 맛도 나네요!"

유치한이 인상을 찌푸리며 말하자 모두가 고개를 끄덕였다.

"네. 잘 알겠습니다. 의견 감사합니다."

김건이 미소를 지으며 고개를 숙였다.

"그럼 이어서 두 번째 설렁탕을 맛보시겠습니다."

김건의 신호에 소주희가 '2'라고 써진 들통 뚜껑을 열고 국자를 넣어서 뚝배기에 국물을 옮겨 담았다. 이번에는 김건이 밀차를 이용해서 모든 사람들에게 동시에 음식 그릇을 전달했다.

"오! 이거 때깔 고운데!"

사람들이 자신들의 앞에 놓인 뚝배기를 보고 탄성을 내질렀다. 바닥이 보일 정도로 맑은 국물이었다.

"자, 그럼 모두 국물을 맛보시고 평가해주시기 바랍니다."

사람들이 일제히 숟가락을 들고 기대에 가득 찬 얼굴로 맑은 설렁탕 국물을 입에 넣었다.

"크윽!"

"이거야, 이거!"

"야, 내가 이 맛을 기다렸다니까!"

사람들의 탄성이 파도처럼 이어지면서 후루룩거리며 국물을 마시는 소리, 숟가락으로 그릇 바닥을 긁는 소리 등으로 마치 이곳이 과거의 '나주댁 설렁탕' 집으로 돌아간 듯한 착각이 일어날 정도였다. 작은 축제라고 해도 좋을 정도였다. 하지만 단 한 사람, 나주댁의 아들인 성종규의 표정은 안쓰러울 정도로 창백해졌다.

"자, 어떻습니까?"

김건의 물음에 모두들 찬사를 퍼부었다.

"바로 이거요. 이게 바로 옛날 그 맛이야!"

"아, 정말 그렇네. 이거 먹다가 다른 건 진짜 못 먹지!"

"내가 죽기 전에 다시 이 맛을 보다니…… 이제 여한이 없네!"

"네? 그럼 이제 가셔도 좋아요?"

옆자리 노인네의 농에 나비넥타이 노인이 발끈했다.

"예끼! 세상에 아직 맛있는 게 이렇게 많은데, 죽긴 누가 죽어?"

신영규도 두 번째 설렁탕을 맛보고 입을 다물지 못했다.

"세상에…… 이게 설렁탕이야? 완전 외국 레스토랑 수프 아냐?"

"와 진짜 맛있네! 꺼억!"

김정호 형사도 감탄 섞인 트림을 내질렀다.

"아! 이거, 콩소메 아닌가요?"

유치한 작가도 두 눈을 감고 감탄했다.

모든 사람들이 맑은 설렁탕 맛에 감탄하는 가운데 갑자기 누군가가 두 손으로 테이블을 '쾅' 하고 내리쳤다. 성종규였다.

"그래서 어쨌다는 거야? 내 솜씨가 서툴다고 비웃는 거야?"

자신을 노려보는 성종규의 매서운 눈길 앞에서도 김건은 침착함을 잃지 않았다.

"아닙니다. 단순히 솜씨가 서툰 거라면 맛이 다를 뿐이겠지만 당신의 탕과 당신 어머니의 탕은 완전히 다른 종류입니다."

"그게 어때서? 나도 다양하게 연구를 하고 있다고!"

"연구를 하고 있다. 그래서 다른 맛이 나왔다고 하는 겁니까? 하지만 당신 말은 틀렸습니다. 당신은 전혀 연구를 하지 않았어요."

"뭐라구?"

"당신의 알리바이를 조사하러 갔던 경관이 당신 집 안에 들어갔을 때 음식 냄새가 전혀 나지 않았다고 말했습니다. 그게 무슨 뜻인지 아십니까?"

"그게 어때서? 나는 청소를 잘 한다고!"

"성종규 씨가 사는 오피스텔 CCTV로 확인해보니 당신이 평소에 버리는 음식물 쓰레기는 다른 1인 가구보다 훨씬 적더군요."

"그…… 그건……."

"당신이 어머니의 설렁탕 맛을 재현하려고 연구 중이었다면 당신 집에서는 많은 음식물 쓰레기가 나왔어야 합니다. 왠지 아십니까? 나주댁 설렁탕에는 놀랄 만큼 많은 파와 또 다른 재료가 들어가기 때문입니다. 혹시, 뭔지 아십니까?"

"몰라! 그런 거!"

성종규가 신경질적으로 대꾸했다.

"그럼 단골분들께 묻죠. 예전 나주댁 설렁탕에 곁들여 나왔던 기본 반찬이 뭔지 기억하십니까?"

"그게…… 겉절이하고…… 아! 양파절임!"

"맞다! 그, 양파 간장절임이 다른 집하고는 달랐지."

노신사가 눈을 감고 그때를 회상하며 말했다.

"나주댁 설렁탕은 프랑스의 콩소메와 비슷한 담백한 맛이라서 익은 김치와 깍두기는 냄새가 너무 강합니다. 그래서 나주댁은 대신 겉절이와 양파절임을 반찬으로 냈죠."

"맞아! 그게 또 같이 먹으면 맛이 기가 막혔지!"

"양파절임을 반찬으로 낸 것에는 다른 이유도 있습니다. 나주댁은 탕을 끓일 때 많은 양의 양파껍질을 사용했습니다. 다른 집 설렁탕은 누린내를 잡으려고 다진 파를 넣어 먹지만 당신 어머니의 설렁탕은 그냥 먹어도 맛있는 이유가 바로 그것 때문입니다."

성종규가 다시 의자에 털썩 주저앉았다.

"그래, 나 평소에 열심히 안 했다. 그냥 어머니 이름 걸고 설렁탕 체인점이나 하려고 했어. 그런데, 그게 뭐?"

그는 '배 째'라는 표정으로 비웃듯 말했다.

"어쨌든 그날 설렁탕을 만든 건 맞잖아? 이웃에도 돌렸고, 알리바이 있잖아? 안 그래?"

"그 말이 맞습니다. 설렁탕은 적당히 만들어도 몇 시간 동안 불 조절을 하고 옆에 있어야 하기 때문에 12시경에 완성돼서 이웃들에게 돌렸다면 적어도 몇 시간 전부터 설렁탕을 만들었어야 한다, 중간에 불을 끄면 누린내가 나기 때문에 중간에 어머니 댁까지 다녀오는 건 불가능하다! 완벽한 알리바이죠!"

"그, 그렇지? 난 죄 없다니까!"

"그전에 마지막으로 한 번만 더 묻겠습니다. 첫 번째로 먹었던 설렁탕이 당신이 만들었던 그 설렁탕 맛이 분명합니까?"

"아, 맞아요! 몇 번을 말해야 돼?"

김건이 날카로운 눈으로 성종규를 쏘아보며 말했다.

"그렇다면 당신의 알리바이는 깨졌습니다!"

"뭐야?"

성종규가 화를 내며 일어서려고 했지만 김정호 형사가 그의 어깨를 붙잡았다.

"자, 첫 번째 설렁탕의 정체를 보여드리겠습니다."

김건이 '1'번 들통에 붙어 있던 흰 종이를 확 잡아당겼다. 그러자 '선농단 설렁탕'이라는 설렁탕 체인점의 붉은 글씨가 드러났다.

"저건!"

성종규의 얼굴이 하애졌다.

"당신은 그날 설렁탕을 만들었던 게 아니고 어머니 집에 있었죠. 그리고 어머니와 말다툼을 하다가 우발적으로 어머니를 죽이고 밖으로 나왔어요. 나주연립은 산자락 끝에 있어서 산 쪽으로 가면 CCTV에 안 찍히고 현장에서 벗어날 수 있죠. 당신은 집으로 가던 길에 알리바이를 만들려고 일부러

이 체인점에서 설렁탕을 샀어요. 이 '선농단 설렁탕'은 가장 점포 수가 많은 체인점입니다. 어머니 댁에서 당신 집 주변까지 점포가 세 개나 있죠. 당신은 두 군데의 가게에서 10인분씩 모두 20인분의 탕을 사 갔어요. 그리고 집에 가서 들통에 붓고 끓여서 이웃집에 돌렸고 나중에 일부러 어머니 집으로 가져온 겁니다."

"아냐, 거짓말이야. 난…… 내가……."

김건이 태블릿PC를 꺼내서 동영상을 켰다. 후드 모자를 눌러쓴 남자가 설렁탕집으로 들어와서 뭔가를 주문하고 계산한 뒤, 서성거리다가 큰 플라스틱 통을 들고 나가는 장면이었다.

"이 회사는 작년부터 블랙 컨슈머를 대비해서 모든 점포에 CCTV를 설치했습니다. 당신은 신원을 숨기려고 일부러 현금을 인출해서 계산했지만 두 점포에 모두 당신 모습이 찍혔습니다."

다른 동영상에는 돈을 건네는 얼굴이 또렷이 찍혀 있었다. 성종규는 무슨 말을 하려고 입을 우물거렸지만 나오는 것은 헛바람뿐이었다.

"이미 이웃집 할머니 이복자 씨가 다 자백했어! 당신이 어머니를 죽인 직후, 집에 들어온 이복자 씨에게 입을 다물면 돈을 주기로 했다고……. 아들이 사고를 내서 합의금이 필요했던 할머니가 당신 말에 동의하고 돈을 받았더군."

말을 마친 신영규의 신호를 받은 김정호 형사가 성종규의 두 손에 수갑을 채우고 미란다 원칙을 고지했다.

"이렇게 맛있는 탕을 완성하고도 아들 때문에 허무하게 죽다니……."

"우리 대한민국 부모들은 모두 자식 농사를 잘못 지은 죄인들이오……."

평가단으로 온 두 노인이 무거운 탄식을 하고 있을 때 성종규가 갑자기 벌떡 일어나며 외쳤다.

"당신들은 몰라! 어머니는 손녀보다 그림을 지키려고 했어! 손녀 목숨보다 그림이 더 중요하다고 했다고! 그게 무슨 할머니야! 그림을 안 주면 그들이 내 딸을……."

"그들이라니요?"

신영규가 갑자기 눈을 크게 뜨며 물었다. 성종규는 큰 말실수를 했다는 듯 자신의 입을 막았다. 그러고는 결심한 듯, 주머니에서 꺼낸 뭔가를 입에 넣고 씹었다.

"커억!"

그의 입에서 하얀 거품이 뿜어져 나왔다.

"뭐야!"

"잡아!"

두 형사가 발작하는 성종규를 붙잡았지만 이미 검붉게 변한 그의 얼굴에는 굵은 핏줄이 터질 듯이 팽창해 있었다.

"내가 잡혀가면…… 샘(SAM)이…… 내 딸을……."

"샘이 누구야? '주사거배'는 어딨어?"

신영규가 흔들며 물었지만 성종규의 얼굴은 파랗게 변하며 눈빛이 초점을 잃어갔다.

"미셸……."

그리고 마지막 한숨처럼 딸의 이름을 부르며 숨을 거뒀다.

한바탕 난리가 났다.

다른 경찰들과 과학수사대가 와서 현장을 검증한 다음 정리하고 시신을 옮겼다.

"신 형사님!"

유치한이 신영규를 불렀다.

"저는 당신을 원망하지 않습니다. 하지만 당신의 방식이 잘못되었다는 건 분명합니다. 당신은 인간을 버렸다고 했지만 나는 작가로서 인간이 가장 중요하다고 믿습니다."

신영규가 코웃음을 쳤지만 유치한은 김건과 소주희를 가리키며 말했다.

"저 두 사람을 통해서 인간의 소중함을, 그리고 희망을 봤습니다. 앞으로도 끝까지 여러분을 지켜볼 겁니다. 그리고 낱낱이 다 적어서 세상에 남길 겁니다."

"아, 그러시든가."

신영규 형사가 고개를 돌려 김건을 쳐다보았다. 시선은 날카로웠지만 이전 같은 적의는 없었다. 김건이 그를 향해 모자챙을 내렸다. 신영규가 몸을 돌려 선글라스를 쓰고 구내식당을 떠났다.

"너무 멋있어요!" 소주희가 감탄했다.

"아, 뭘요. 그냥 평소 모습인데……." 김건이 말했다.

"이건 제 의지입니다. 작가로서 당연히……." 유치한이 말했다.

하지만 정작 그녀는 꿈꾸는 눈빛으로 신영규가 나간 문 쪽을 쳐다보고 있었다.

"저 형사님, 너무 멋있어요!"

"뭐라고요?"

"뭐라고요?"

김건과 유치한이 동시에 외쳤다.

소주희의 눈빛이 몽롱해지며 두 볼이 새빨갛게 타올랐다.

"저, 어렸을 때부터 선글라스 잘 어울리는 사람이 이상형이었거든요."

신영규는 코인 야구장에서 배트를 휘두르고 있었다. 배트의 끝을 두 손으로 꽉 쥐고, 있는 힘껏 휘둘렀다. '틱' 하고 빗맞은 공이 머리를 때렸지만 그는 개의치 않고 다시 자세를 잡았다.

홈런을 치고 싶었다!

한 번이라도 좋으니 크게 하늘 위로 포물선을 그리며 날아가는 홈런을 쳐보고 싶었다!

홈런만 치면 보란 듯이 어깨에 짊어진 짐을 내려놓고 그 자리에서 큰대자로 드러누워 쉴 거라고 마음먹었었다. 하지만 힘을 주면 줄수록 공은 더 맞지 않았고 홈런은 멀어져만 갔다. '휭' 하고 옆을 지나간 공이 퍽 하고 뒤쪽의 스트라이크 존에 꽂혔다. 신영규는 크게 휘두른 관성의 힘으로 휘청하고 한쪽 무릎을 꿇은 채 거칠게 숨을 몰아쉬었다.

누군가가 그의 옆자리로 들어와 타석에 섰다. 그쪽을 쳐다

본 신영규가 깜짝 놀랐다. 조용한 서장이었다.

"그거 아나? 야구는 여자하고 같아!"

손잡이 위쪽을 짧게 잡은 서장의 배트가 바람을 가르고 날아온 공을 쳐냈다. '깡!' 하는 청량한 소리가 울려 퍼졌다.

"잘 치려고 들이대면 실패하지."

서장은 노련한 자세로 배트를 휘둘렀다.

"크게 치려고 해도……."

다음 공도 잘 맞아서 앞쪽으로 쭉 뻗어나갔다.

"실패해."

서장은 몇 번 실수도 없이 공을 쳐내고 있었다.

"힘을 빼고 쳐봐. 그렇게 감을 잡다가……."

서장이 지금까지의 자세와 다르게 배트 손잡이 끝을 잡고 휘둘렀다.

"기회가 오면 휘둘러!"

'까앙!' 하는 충격음이 들리며 공이 그물 위쪽으로 날아가 홈런 존에 맞았다.

"처음부터 홈런을 치려고 하면 도망가. 여자나, 야구나……."

말을 마친 조용한 서장이 문밖으로 나갔다. 허리가 아픈지 몇 번 좌우로 비틀며 걸어가는 그의 등 뒤를 향해 신영규가 경례했다. 그때였다. 휴대폰에서 이메일 수신음이 흘러나왔다. 그는 이메일을 열어 확인했다.

> 신원조회 결과 대상자의 이름은 프랑수아 마르셀
>
> 전과기록은 없음. 하지만 국제 범죄 조직과 연관된 인물로 인터폴 청색 수배 대상.
>
> 그 범죄 조직의 이름은 '레메게톤'.
>
> 전 세계에서 발생한 수십 건의 미술품 도난사건 및 암거래에 관여했지만 구체적 증거는 없다.
>
> 사진 속 상징은 '솔로몬의 별'로 위 조직의 상징.
>
> — John

신영규가 코웃음을 쳤다. 국제 미술품 밀수 조직과 연관된 인물이 나타나고 '주사거배'가 사라졌다. 억측일까?

"이것 봐라? 악마 새끼가 제 발로 걸어 들어왔네?"

어쩌면 홈런의 기회가 찾아왔는지도 모르겠다는 생각이 들었다. 그는 힘껏 야구배트를 휘둘렀다.

뵈프 부르기뇽

뵈프 부르기뇽 *bœuf bourguignon*

- 프랑스 부르고뉴 지방의 요리로 큼직하게 자른 소고기에 와인을 넣어서 조리하는 것이 특징이다.

  소떼(겉면이 갈색이 될 때까지 기름에 튀기듯 볶는 조리법)한 소고기와 볶은 야채를 섞은 뒤에 와인을 재료의 3분의 2까지 넣고 160도의 오븐에서 두 시간 이상 조리한다.

  레시피에 따라 베이컨이나 여러 향신료를 추가하기도 한다.

  한국의 갈비찜과 비슷하지만 달지 않고 와인의 향까지 더해진 맛있는 요리로, 프랑스 가정요리에서 빠질 수 없는 메뉴다.

소주희가 낡은 4층 건물 앞에 도착한 것은 오후 3시쯤이었다.

오전까지 내리던 비가 그치고 조금씩 흩어져가는 먹구름 사이로 오랜만에 황사가 없는 푸른 하늘이 맨 얼굴을 드러냈다. 커튼처럼 짙은색의 구름 사이로 층층이 밝은 햇살이 거리를 비추고 있었지만 그녀의 앞에 서 있는 낡은 건물만은 우울한 거인처럼 우중충하게 서 있었다. 마치 컬러 사진 속에서 인화가 잘못되어 이 부분만 흑백으로 탈색된 느낌이었다. 이 나이를 알 수 없는 오래된 건물은 세월의 풍파를 간직한 노인의 주름처럼 곳곳에 세밀한 금이 가 있었다.

엘리베이터도 없는 건물의 돌계단을 소주희는 숨을 몰아쉬며 걸어 올라갔다. 요즘 살이 더 찐 것이 확실했다. 하루 종일 주방에서 일하며 음식을 맛보고 손님이 없을 때 불규칙적으로 몰아서 식사를 하니 폭식을 하게 된다. 가슴이 더 무거워지고 허리도 굵어진 것 같아 등이 아프고 몸이 버거웠다. 그녀는 다시 한 번 다이어트를 해야겠다고 굳게 결심했다.

3층에 도착해서 11호를 찾는 것은 그리 어렵지 않았다. 그 사무실은 절묘하게 계단이 끝나는 곳 바로 앞에 있었다.

민간조사원 김건 사무소

깔끔한 흰색 글자가 새겨진 나무 문이 보였다. 소주희가 '흠흠!' 하며 목을 가다듬는데 "들어오세요. 열려 있습니다!" 하는 소리가 안에서 들려왔다. 놀란 얼굴로 문을 열고 안으로 들어간 소주희는 방 안의 풍경에 다시 한 번 놀라서 그대로 얼어붙어버렸다.

"잠깐! 움직이지 말아요!" 하고 외치는 김건은 양복바지에 러닝셔츠만 입은 채로 바닥에 엎드려서 트럼프 카드로 뭔가를 만들고 있었다. 그것은 거대한 '성(城)'이었다!

트럼프 카드로 집을 만드는 것을 본 적은 있지만 이렇게 거대한 성은 본 적이 없었다. 거대한 성벽에 뾰족한 첨탑까지 갖출 것은 다 갖추고 있었다.

"이게…… 뭐예요?"

"성이죠. 프랑스어로 '샤토(château)'라고 부릅니다."

플라스틱 코팅이 되어 있는 매끄러운 트럼프 카드로 집을 지을 때는 조금만 중심이 틀어져도 그대로 무너져버리기에 고도의 집중력을 요한다. 그래서 외국에는 카드 집짓기 대회까지 있다. 김건은 모든 신경과 의식을 카드 집을 짓는 것에 모으고 있었다. 러닝셔츠만 입고 있는 이유는 간섭을 최소화하기 위해서 같았다.

"3시에 만나기로 한 거 아닌가요?"

"아직 4분 남았죠."

소주희가 벽시계를 보자 김건의 말대로 아직 3시 4분 전이었다.

"이걸 4분 안에 끝낼 수 있어요?"

"의식은 시간을 통제할 수 있습니다. 집중해서 의식을 통제하면 시간은 아주 느리게 흐르죠. 잠깐만…… 됐어요!"

김건이 마지막 카드를 올리고 한 걸음 뒤로 물러났다. 카드로 만들어진 멋있는 중세 유럽풍의 고성이 머리카락 한 올의 오차도 없이 완벽한 균형을 유지하고 서 있었다.

"와, 대단해요! 저 이런 거 처음 봐요."

소주희가 상기된 표정으로 박수를 쳤다. 김건이 한 손을 배에 대고 정중하게 허리를 숙였다.

"감사합니다. 마담."

그러고는 조금도 망설이지 않고 가장 아래쪽 카드 한 장을 뽑아냈다.

"아!"

소주희의 외침과 함께, 정밀한 각도와 간격으로 연결된 성의 한 부분이 빠져버리자 한쪽 부분부터 붕괴되더니 순식간에 모든 건물이 무너져내렸다.

"뭐하는 거예요? 아깝잖아요!"

"아깝다뇨? 이건 단순히 의식을 통제하는 훈련일 뿐입니다. 훈련이 끝나면 다시 무(無)로 돌아가는 게 당연하죠. 중요한 건 과정이지 결과가 아닙니다. 결과는 과정이라는 긴 선에 찍힌 점에 불과하죠. 오직 좋은 과정만이 좋은 결과를 낳습니다."

"하지만 과정이 안 좋아도 결과가 좋을 수 있잖아요?"

"단기적으로 보면 그렇죠. 하지만 다음에도 안 좋은 과정이 되풀이되면 결과는 반드시 나쁘게 나타납니다."

"그래도 너무 아까워요. 저렇게 잘 지었는데……."

"그게 바로 집착이죠. 이건 저한테 일종의 '만다라'입니다. 집착을 버리고 현실을 똑바로 볼 수 있는 힘이 생기죠. 아, 잠깐 실례……."

김건은 사무실 한쪽 구석에 세워진 고풍스런 칸막이 뒤로 가서 옷을 입기 시작했다.

"언제부터 하신 거예요?"

"뭘요?"

"카드 집 짓는 거요. 오래 하신 거 같은데……."

"꽤 됐죠. 처음에는 카드 없이 상상으로 카드 집을 지었어요."

"왜요?"

"제가 있던 곳에선 카드를 구할 수가 없었거든요."

"시골이었어요? 아니면, 아! 무인도?!"

김건이 잠시 뜸을 들이다가 대답했다.

"비슷해요."

김건을 기다리며 소주희는 사무실 안을 천천히 돌아보았다. 마치 두 세대 전으로 되돌아간 것 같은 분위기였다. 전체가 골동품이라고 불러도 좋을 정도로 오래된 물건들로 채워져 있어서 마치 20세기 박물관에 온 것 같았다. 하지만 안에 있는 모든 것은 장식이 아니라 실제로 사용하고 있는 것들이어서 고풍스러우면서도 익숙하고 친근한 분위기를 만들어 내고 있었다. 디지털 기기라고 부를 만한 것은 책상 위에 놓인 노트북 컴퓨터와 20년도 더 전에 나온 스타택 휴대폰 정도였다.

"자, 이제 약속한 3시가 됐죠?"

김건이 평소처럼 고풍스런 양복에 조끼를 입고 칸막이 밖으로 걸어 나왔다. 무심코 시계를 보니 정확히 3시였다.

"그럼 처음부터 약속 시간에 맞춰서 준비하신 거예요?"

"그렇습니다."

"말도 안 돼요. 어떻게 시간을 딱 맞춰서 끝내요?"

"많이 반복하면 가능합니다."

"어떻게요?"

"두뇌의 힘은 무궁무진하죠. 이 카드 하우스를 만드는 데 사용된 카드는 총 327장, 만드는 데 걸린 시간은 총 2시간 27분, 저는 점심식사를 마친 12시 반 정각부터 빌딩을 시작했고 2시 57분에 완성했죠. 나머지 3분 동안 옷을 입고 준비를 마친 겁니다."

소주희가 사무실 안을 둘러보며 물었다.

"일부러 이렇게 불편하게 사시는 거예요?"

"인간의 진짜 힘은 불편함에서 나옵니다. 힘든 상황에 부딪히면 현실을 인식하고 지금 할 수 있는 일을 찾게 되죠."

"제가 온 건 어떻게 아셨어요?"

"사실은 현관에 들어왔을 때 벌써 알고 있었죠."

"어떻게요? 여기 CCTV 있어요?"

소주희가 깜짝 놀라서 되물었다.

"아니요. 소리로 알았죠."

"소리요?"

"네, 이 건물은 전체가 콘크리트로 되어 있어요. 그래서 울림도 크죠. 발걸음이 들리면 집중해서 듣고 어떤 사람인지 알 수 있습니다."

"와, 정말요? 그런 게 돼요?"

"사람의 발소리는 많은 정보를 담고 있죠. 그 사람의 키, 몸무게, 성격, 기분, 몸 상태까지 유추해낼 수 있습니다."

"제 발소리만 들어도 알 수 있어요?"

"그럼요. 주희 씨, 요즘 살쪘나요?"

"뭐라구요?"

"계단을 올라오면서 중간 중간 계속 멈추시더군요. 이건 전형적인 뚱뚱한 사람의……."

여기까지 말하던 김건은 소주희의 날선 눈빛을 발견하고 "어…… 어." 하면서 말을 얼버무렸다.

"아, 물론 하이힐 신으면 계단 오르기가 어렵……."

"하이힐 아니거든요!"

"아! 네, 저기……."

당황한 김건의 눈이 소주희의 다리로 향했다. 주희가 치마로 다리를 가리며 "어딜 보는 거예요!" 하고 소리쳤다.

"아뇨, 그게 아니라……."

소주희가 포기했다는 듯 고개를 젓는 것을 보고 김건이 멋쩍게 웃으며 물었다.

"그런데 무슨 일로 오셨죠?"

"탐정 아저씨 도움이 필요해서요."

"주희 씨가요?"

"아뇨, 제가 아는 분을 돕고 싶어서요."

소주희는 편안한 가죽 소파에 앉아서 이야기를 시작했다. 김건은 귀여운 일인용 다기에 찻잎을 넣고 뜨거운 물을 부어 소주희 앞에 놓았다.

"저희 식당에 자주 오시던 분이 있어요. 부부 같은데 조금 특이한 분들이었어요. 나이 차이가 좀 있는 커플이었는데 남자는 50대 초반, 여자는 30대 초반으로 보였어요. 남편이 병이 들어서 휠체어에 앉아 있었는데 언제나 아내가 휠체어를 밀었죠. 그 부부가 주문하는 요리는 항상 똑같았어요. 수프와 '뵈프 부르기뇽'이었죠."

"뵈프 부르기뇽…… 소고기에 야채, 포도주를 넣고 만든, 그건가요?"

"네, 맞아요. 가장 좋은 건 부르고뉴 지방 와인을 넣어서 만드는 거라지만 요리용 와인은 싼 걸 써도 돼요. 계속할까요?"

"아, 계속하시죠."

소주희는 미간을 찌푸리며 다시 생각에 잠겼다.

"남편은 입맛이 없는지 수프만 한두 입 먹고 아내가 먹는 모습을 지켜보기만 했어요. 아내는 남편에게 보여주려는 듯이 더 맛있게 먹었죠. 이렇게 하면 남편의 입맛이 살아날 거라고 생각했었나 봐요. 언제나 그 메뉴였죠, 뵈프 부르기뇽……. 다른 메뉴를 권해보기도 했지만 그 부부는 언제나 같은 것만 주문했어요. 서빙을 하면서 두 분 이야기를 듣는 것도 기분 좋았어요. 식사를 하시면서 '정말 맛있어요. 먹고 싶지 않아요?' 하고 아내가 말하면 '난 당신이 먹는 모습만 봐도 배불러.' 하고 남편이 대답했죠. 그리고 이런 말도 했어요. '당신은 먹을 때하고 잘 때가 제일 예뻐. 왜 그런지 알아?' '왜요?' '그때만 말을 안 하니까.' 그럼 아내가 이렇게 남편을 흘겨보죠."

소주희가 흘겨보는 표정을 짓자 김건은 미소를 지었다.

"그래요. 정말 귀엽네요."

"네? 저요?"

"아, 아뇨, 그분들 말이 귀엽다는 뜻이죠."

김건이 황급히 정정하자 소주희가 샐쭉해져서 입을 내밀었다.

"나중에 알게 됐지만, 두 사람이 항상 같은 메뉴만 시킨 이유는 그게 두 사람의 추억이 깃든 음식이라서였대요. 남편이 유학생 시절부터 만들어 먹던 음식이라서 아내에게도 자주 만들어줬대요. 두 사람의 소울푸드였죠."

"멋지네요. 부부가 같은 소울푸드를 공유하다니……."

"탐정 아저씨는 소울푸드가 뭐예요?"

"저는…… 기억이 안 나네요."

"네? 어떻게 기억이 안 날 수가 있어요?"

"그런 사정이 있어요. 주희 씨는 소울푸드가 뭐예요?"

"저는…… 육개장이요."

"육개장요?"

"네, 저희 어머니가 요리 쪽 일을 하셨는데 항상 집에 안 계셨거든요. 그래서 언제나 냉장고에 육개장을 만들어두셨어요. 처음에는 너무 싫어서 손도 안 댔어요. 어렸을 때부터

위가 약해서 짜고 매운 음식은 잘 못 먹었거든요. 그런데 어느 날 학교 끝나고 집에 와서 너무 배가 고파서 육개장을 꺼내 먹었는데 하나도 안 짠 거예요. 별로 맵지도 않고……. 알고 보니까 고춧가루 대신에 말린 토마토를 넣어서 만드셨더라고요. 무늬만 육개장이고 사실은 제 몸에 맞춰서 음식을 만들어주신 거였죠. 그 뒤로 그 토마토 육개장이 소울푸드가 됐어요."

"언젠가 한번 먹어보고 싶네요."

"공짜로요?"

"네?"

"저 요리사예요. 음식을 주문하시려면 돈을 내셔야죠! 내가 시간당 몸값이 얼만데……."

"아, 그러네요. 그럼 취소……."

김건이 살짝 실망한 표정으로 입을 다물었다.

"계속할게요. 두 분은 일주일에 한두 번씩 레스토랑에 왔어요. 자주 얼굴을 보니까 조금씩 친해지게 됐죠."

"주희 씨는 조리산데 손님들과 만날 기회가 있나요?"

"아, 저희 레스토랑은 오픈 키친으로 되어 있어요. 그리고 홀에도 따로 간이 조리대가 있어서 파스타나 간단한 요리는 손님 옆에서 바로 만들어 드리기도 해요."

"그렇군요."

"두 분은 한마디로 기분 좋은 분들이었어요. 서로 사랑하는 게 한눈에 보이는 그런 분들이었죠. 그래서 두 분께 더 잘 해드렸고 그분들도 마음을 여셨어요. 친해지면서 조금씩 두 분 이야기를 들을 수 있었어요. 두 분은 같은 회사의 사장과 비서였는데 같이 일하면서 서로 사랑하는 사이가 됐대요. 같이 살면서 결혼을 준비하고 있었는데 남편이 갑자기 암 선고를 받았대요. 남편은 먼저 혼인신고를 하자고 했지만 아내는 병이 나으면 당당하게 결혼식을 올리고 혼인신고를 하겠다고 거절했대요."

목이 마른지 소주희가 말을 끊고 다기를 당겼다. 뚜껑을 열고 거름망을 들어내서 뚜껑 위에 얹고는 두 손으로 잔을 들어 차를 마셨다. 일련의 과정이 물 흐르는 것처럼 자연스러웠다.

"아, 맛있네요."

"산지에서 직접 가져왔어요. 그런데 주희 씨는 다도 배우셨나 봐요?"

"아, 네. 어렸을 때 좀…… 탐정 아저씨도?"

"아뇨. 저는 그냥 즐기는 정도예요."

김건은 은색 담배 케이스를 꺼냈다.

"담배 피우세요?"

소주희가 인상을 찌푸렸다.

"아니요."

케이스를 열자 안에는 긴 갈색 막대들이 들어 있었다. 달달하고 향긋한 냄새가 코를 찔렀다.

"이건…… 계피죠?"

"맞아요. 머리를 맑게 해줍니다. 하나 드릴까요?"

"아뇨, 전 됐어요."

김건이 계피 막대를 무는 것을 보고 소주희는 고개를 갸우뚱했다. 이상한 사람인 건 알고 있었지만 이렇게 이상할 줄은 몰랐다는 표정이었다.

"처음 오시고부터 한 세 달이 지났을 때부터 두 분을 볼 수 없었어요. 솔직히 짐작은 했어요. 마지막으로 저희 가게에 왔을 때 남편분이 너무 힘들어하셔서 식사도 못 하고 그냥 가셨거든요. 병이 갈수록 심해지는 것 같아서 너무 안쓰러웠죠.

그러다가 며칠 전에 아내분 혼자서 가게로 오셨어요. 온통 검은색 옷을 입고 언제나처럼 뵈프 부르기뇽을 주문하셨죠. 넋이 나간 표정으로 멍하니 음식만 바라보고 계셨어요. 다 알 수 있었죠. 남편이 돌아가셨구나……. 그런데 그때 젊은 남자

하나가 가게 안으로 들어왔어요. 껌을 씹으면서 건들건들하는 게 아주 천박해 보이는 사람이었어요. 종업원의 안내도 무시하고 그냥 안으로 걸어 들어가더니 아내분 앞자리에 털썩 앉더라구요. '야, 이거 기가 막히네, 남편이 죽었는데 밥이 넘어가? 역시 돈만 보고 결혼한 년들은, 응?' 하면서 손가락으로 아내분 접시에 담긴 음식을 집어 먹었어요. '아우, 맛있네. 역시 비싼 레스토랑은 달라! 두 분은 매일 이런 것만 드셨나 봐? 나하고 우리 엄마는 라면으로 끼니를 때웠는데……' 남자는 비꼬는 투로 말했어요. 아내분이 반응이 없자 그는 물잔을 들어서 아내분 접시 위에 물을 붓더니 손가락으로 휘휘 저었어요. 제가 도저히 참을 수가 없어서 지금 뭐하시는 거냐고 항의했지만 아내분이 됐다고, 자기 일행이라고 하시더라고요."

소주희는 화를 삭이려는 듯 다시 차를 한 모금 마셨다.

"그 남자가 '그런데 어떡하지? 이제 당신 좋은 날 다 끝났는데…… 이게 뭔지 알아?' 하며 봉투에서 서류를 꺼냈어요. '친자확인소송 결과야. 유전자 감식 결과 친자일 확률이 99.9퍼센트…… 아 나, 이거 100프로면 100프로지 0.1프로는 왜 빼나 몰라? 그래 그깟 0.1프로 그냥 주지 뭐. 어쨌든 법원에 계시는 높은 나리가 그러는데 내가 진짜 아들이라서 모든 유산을 물려받을 권리가 다 나한테 있다고 하시더라고…….
당신은 혼인신고도 안 해서 그냥 남남, 당신이 유산을 받을
권리는 빵 프로……. 에이, 기분이다! 0.1프로는 내가 주지
뭐…….' 남자는 능글거리며 말했어요. '안됐네, 돈 바라고 나
이 든 남자랑 붙어먹었는데 새 된 거지 뭐. 3일 기회 줄 테니
까 내 아버지 집, 아니 이제 내 집이지? 그래, 내 집에서 당신
물건 가지고 사라져!' 하고 남자는 테이블보에 입을 닦고는 가
버렸어요. 자세한 사정은 모르지만 그 남자가 너무 미웠죠.
그 남자가 가버린 다음 갑자기 아내분이 고개를 숙이고 울기
시작했어요."

감정이 격해지는지 소주희의 눈시울도 붉어졌다.

"나중에 좀 진정되고 나서 제가 밖으로 모시고 나가서 커
피를 드렸어요. 그리고 모든 내용을 들을 수 있었죠. 남편은
20대 초반에 동갑내기 여자와 결혼을 했어요. 그런데 사업이
어려워지면서 아내가 집을 나가버렸죠. 남편은 죽을 고생을
해서 회사를 다시 살려놓았는데 이제 안정되려는 시기에 아
내가 어린 남자아이를 데리고 다시 나타나서 당신 아들이니
까 다시 합치자고 했대요. 남편은 이미 그 여자에게 질려서 다
시 받아들이지 않았대요, 이미 끊어진 인연이라고요……. 그
뒤로 찾아와도 만나주지도 않고 사업에만 집중하다가 같이

일하는 비서하고 사랑하는 사이가 된 거죠."

긴 이야기를 마친 소주희가 슬픈 표정으로 입을 다물었다.

"정말 안됐어요. 진심으로 남편을 사랑했는데 모든 재산을 다 뺏기고……."

"이야기 잘 들었습니다."

김건이 입에 문 계피 막대 끝을 조금 씹으며 말했다.

"그럼 제가 그 여자분을 어떻게 도와드리면 될까요?"

"아, 남편이 그분에게 뭔가 선물을 남기셨다고 했대요. 그런데 갑자기 돌아가시는 바람에 아무 이야기도 못 들었다는 거죠. 탐정 아저씨가 그걸 좀 찾아주세요."

"이상하네요. 큰 회사를 운영했다면 고문 변호사가 있지 않나요?"

"그게요, 꼭 드라마 같은 이야긴데……."

소주희가 다시 차를 한 모금 급하게 마시고 이야기를 이어갔다.

"고문 변호사가 알고 보니까 그 전처하고 한통속이더래요. 유언이 있어도 줄 리가 없죠."

"그렇군요……."

김건이 고개를 끄덕였다.

"그럼 주희 씨는 저한테 그 여자분을 도와서 남편이 남긴 유산을 찾아달라는 건가요?"

"네, 그렇죠!"

"흐음!"

김건이 길게 소리를 끌었다.

"그럼 이 일은 제가 도와드릴 수가 없겠는데요."

"네?"

"저는 그 여자분을 도울 수 없다고요!"

답답하기 그지없는 서울 시내의 도로를 소주희는 김건의 애마인 구형 폭스바겐의 조수석에 앉아 달리고 있었다. 복원 작업을 거쳐 오리지널 그대로의 엔진이나 부품 등을 쓰고 있는 이 차는 만들어진 지 30년이 넘은 것치고는 잘 달렸지만 여러 가지 불편함도 많았다. 에어컨도 없는 차의 창문으로 들어오는 뜨거운 바람을 참으며 멍하니 창밖을 보던 주희는 어제 김건이 했던 말을 다시 되짚어봤다.

"이건 의뢰인이 아니라 주희 씨한테 묻는 겁니다. 주희 씨는 그 여자분과 친해진 상태에서 아들과의 일을 봤기 때문에 일방적으로 그 사람이 나쁘고 여자분이 좋은 사람이라고 생각하지만 사실은 완전히 다를 수도 있습니다. 제 일은 진실을 밝히는 겁니다. 표면적인 선악이 아니라 진짜 결과를 찾아야 하죠. 그래서 어디에도 치우치지 않고 사건을 객관적으로 봐야 돼요. 직업이 탐정인 만큼 일단 의뢰인을 돕기 위해 노력하겠지만 그 과정에서 주희 씨가 모르는 진실이 드러날 수도 있어요. 그것도 감당할 수 있겠어요?"

"감당할 수 있어요!"

소주희가 애써 힘을 주며 대답했다.

"제가 모르는 사실이 나와도 그대로 받아들일게요."

"그럼 좋습니다. 이 일을 맡죠. 하지만 잊지 마세요. 저는 누구의 편도 들지 않고 가장 순수한 흐름을 따를 겁니다."

어제 김건의 표정은 단호했다. 그 모습은 결연하기까지 했다. 소주희는 사건에 대한 김건의 철학을 알게 됐다. 자신이 모르는 그의 또 다른 모습을 알게 된 것이 놀랍기도 하고 생소하기도 했다. 그녀는 흘끗 김건의 옆모습을 쳐다보았다. 깨끗하게 생긴 부드러운 얼굴 뒷면에는 타협하지 않는 굳은 의지가 숨어 있었다. 또다시 옛날 자신을 구해준 그 사람이 떠올랐다. 정말 다른 사람일까?

"왜 그러시죠?"

김건의 물음에 소주희가 화들짝 놀라서 고개를 돌렸다. 그러고는 "아, 무슨 차에 에어컨이 없어?" 하며 짜증을 냈다.

"인간의 진짜 힘은……."

"불편함에서 나오죠. 그래서 제가 지금 힘이 아주 넘치거든요!"

김건은 목을 움츠리며 입을 다물었다.

어느새 차는 사당동의 고급 주택가로 올라가고 있었다. 과거에는 수많은 단독주택들이 보물을 품은 드래곤처럼 위풍당당하게 들어서 있었지만 지금은 모두 임대 목적의 다세대 주택으로 바뀌고 있는 추세라 어디에서도 옛날의 영광은 찾을 수 없었다. 김건의 폭스바겐은 빌라들 사이에 아직까지 남아 있는 몇 안 되는 단독주택 앞에 멈춰 섰다. 이미 앞집 뒷집에 다세대 주택이 따닥따닥 성벽처럼 붙어 서서 마당에 햇빛도 잘 들지 않았지만 저택은 박물관의 공룡 뼈대처럼 쓸쓸하고 당당한 모습으로 그 자리에 서 있었다. 오랜 시간 동안 가족의 행복을 지켜냈던 빨간 벽돌 담장은 새로 신축 중인 빌라에 가려서 담장을 가득 뒤덮은 담쟁이덩굴이 시름시름 말라가고 있었다.

집 앞에는 초췌한 얼굴의 우아한 여성과 맵시 있게 정장을 입은 냉정한 얼굴의 젊은 여성이 기다리고 있다가 두 사람을 맞이했다.

"안녕하세요. 말씀 많이 들었습니다. 잘 부탁드립니다." 하고 초췌한 여성이 고개를 숙이며 명함을 내밀었다.

아마도 이전에 사용하던 명함인 것 같았다. 그 옆에 서 있던 냉정한 얼굴의 미녀도 명함을 내밀었다.

"아리아 변호사입니다."

"민간조사원 김건입니다. 무슨 일이든 최선의 결과를 내겠습니다."

김건이 명함을 건넨 후 모자를 벗어 가슴에 대며 고개를 숙였다. 두 여자는 김건의 특이한 복장과 행동에 조금 당황했다.

"두 분 다 희귀 성씨이신 걸 보면 친척이신가요?"

"네, 여기 아리아 변호사는 제 동생입니다."

"아, 그러시군요."

그러고 보니 나란히 서 있는 미인 자매는 어딘가 닮았으면서 다른 구석이 있었다. 언니 '아세아'에게 부드럽고 여성스러운 원숙미가 있다면 동생 '아리아'에게서는 차갑고 이지적이면서도 톡톡 튀는 젊은 여성의 발랄함이 엿보였다.

"민간조사원이면 탐정이신가요?"

"그렇게 말할 수 있죠. 현행법상 '민간조사원'이라는 명칭을 쓰고 있어서 그렇게 부릅니다."

아리아는 콧잔등을 찌푸리며 고개를 갸우뚱했다. 그녀의 습관인 것 같았다.

"하지만 솔직히 뭘 어떻게 도와주실 수 있을지 모르겠는데요."

"리아야!" 아세아가 황급히 동생을 꾸짖었다.

"죄송합니다. 동생이⋯⋯."

하지만 김건은 빙그레 웃기만 했다.

"아뇨. 아리아 씨 말씀이 맞습니다. 저도 아직 어떻게 도와드려야 할지 감이 안 잡힙니다."

"아리아 씨가 아니라 아리아 변호사라고 불러주세요. 김건 조사관님!"

"아, 실례했습니다. 아리아 변호사님."

사과를 마친 김건이 갑자기 몸을 돌려 집 주변을 둘러보기 시작했다. 그의 갑작스런 행동에 두 자매는 조금 당황했다.

성큼성큼 걷는 발로 집 주변의 길이를 재고 해를 올려다보며 담장의 높이를 재더니 앞, 뒷집의 위치도 모두 보고는 수첩에 뭔가를 적었다.

"자, 그럼 집 안을 좀 볼까요?"

다시 돌아온 김건이 빙긋 웃고는 집을 향해 성큼성큼 걸어 올라갔다. 그 뒤를 젊은 미망인과 변호사, 소주희가 따라가는 이상한 모습이 되었다. 두 자매는 뭔가에 홀린 표정으로 서로를 쳐다보았다. 왠지 미안한 마음에 소주희는 두 사람의 시선을 피했다.

대문 안으로 들어서자, 담장 안쪽에 있는 분리수거함 안에는 깔끔하게 분리된 쓰레기가 모여 있었다. 종이는 종이대로,

재활용 쓰레기는 재활용 쓰레기대로 깔끔하게 모아놓은 모습이 꼭 상품 진열대처럼 보였다. 특히 많은 것은 포도주 병이었는데 모든 병이 라벨도 없는 깨끗한 모습으로 오후의 햇살을 반사하고 있었다.

"아주, 정리가 잘돼 있네요. 직접 하셨나요?"

"네. 하지만 3일 전에 해놓은 거예요. 여기 모아두었다가 재활용 쓰레기 버리는 날 밖으로 내놓죠."

대답하는 아세아의 표정이 어딘가 쓸쓸했다.

"그렇군요."

자연석으로 만들어진 돌계단을 올라가자, 잘 가꿔진 넓은 정원과 지나치게 크지도 작지도 않은 집이 보였다. 과시하거나 위압하려는 것이 아니라 공존하며 조화를 이루는 모습에서 이 집을 설계한 사람의 성품을 엿볼 수 있었다.

"이건 남편이 지은 집이에요. 건설회사로 성공했지만 처음 시작한 건축설계사의 마음을 잊지 않으려고 노력하셨죠. 남편은 이 집을 많이 사랑했어요."

김건이 모자를 벗어서 가슴에 대고 남편에 대한 조의를 표하려는데 누군가가 "이제 내 집이지!" 하고 말하며 집 안에서 걸어 나왔다. 죽은 집주인의 아들 '윤상휴'였다. 아버지의 성 대신 어머니의 성을 쓰고 있었다. 이미 자기 집이라고 광고라도 하듯, 늘어진 러닝셔츠에 반바지, 삼선 슬리퍼를 찍찍 끌고 나오던 남자는 예쁜 꽃이 핀 화단에 '카악, 퉤!' 하고 침을 뱉었다. 행동이나 모습 모두가 보는 사람의 눈살을 찌푸리게 하는 재주가 있었다.

"아, 이 아줌마는 짐 쪼가리 몇 개 가져가면서 변호사에 친구들까지…… 참 재밌다……."

윤상휴의 눈이 재밌다는 듯 김건을 향하다가 소주희에게 가서는 대놓고 위아래로 스캔을 하고 있었다.

소주희를 보던 윤상휴는 "아, 좋다! 그냥 한입에 호르륵!" 하며 엄지손가락을 추켜세우더니 그것을 입으로 '쪽쪽' 빨았다. 무슨 의미인지는 몰라도 천박하고 불쾌했다. 깨끗하게 정리된 손톱이 이상하게 빛났다. 갑자기 김건이 윤상휴 앞으로 바짝 다가서며 '씨익' 웃었다.

"깜짝이야! 뭐야 당신?"

"민간조사원 김건입니다. 짐을 좀 확인해야겠는데요. 안으로 들어가도 될까요?"

윤상휴는 귀찮다는 듯 코웃음을 치며 대답했다.

"그럼 그러시든지…… 하지만 저 여자가 가지고 들어온 물건 외에는 아무것도 가져가면 안 돼! 알았어?"

"잘, 알겠습니다."

김건은 미소를 잃지 않은 채 성큼성큼 집 안으로 들어
갔다.

실내 역시 넓고 쾌적했다. 공간이 널찍하면서도 낭비되는
곳 없이 알차게 채워져 있었다. 하지만 잘 정돈된 바깥과 다
르게 피자와 치킨 박스, 중국집 그릇, 술병 등이 여기저기 널
려 있어서 눈살을 찌푸리게 했다. 윤상휴가 이곳에 머물며 어
지럽힌 것이 분명했다. 행동도 천박했지만 그의 어디에도 주
인 의식은 없었다.

거실은 하얀색 가죽 소파를 중심으로 한쪽 벽에는 큰 책
장이 들어서 있고 운치 있는 큰 벽난로가 반대편에 있었다.
책장 앞에는 고풍스런 그랜드 피아노가 놓여 있었다. 최근까
지 사용했는지 잘 닦여 있었다. 피아노를 향해 놓인 소파 옆
에는 환자를 위한 링거 거치대가 서 있었다.

거실의 반대편은 넓은 주방과 이어져서 조리한 음식을 거
실에서도 먹을 수 있도록 설계되어 있었다. 김건은 거실에 이
어 방들도 하나씩 둘러보았다. 부부의 침실에는 환자를 위해
2인용 침대 대신 두 개의 1인용 침대가 놓여 있었고 안쪽 침
대에는 여러 의료 설비들도 비치되어 있었다. 고인은 그림도
좋아했는지 여러 명화들이 집 안 곳곳에 걸려 있었다.

"이 방은 남편이 가장 좋아하던 방이에요."

아세아가 안내한 가운데 방은 고가의 음향장비와 LP 레코드들이 가득 찬 음악 감상실이었다. 정면 벽에는 와인을 마시는 여자와 옆에 서 있는 남자의 그림이 걸려 있었다.

"저 그림은……?"

"아, 베르메르의 그림 '와인잔'이에요."

"그 '진주귀고리를 한 소녀'를 그린 사람 말이죠. 진짜는 아니겠죠?"

"진짜예요!"

"네?"

"여기 미술품들 모두 남편이 해외에서 경매로 직접 사 모은 진짜들이에요."

"아, 그렇군요."

김건이 고개를 갸우뚱하며 그림을 자세히 살폈다.

"남편은 이곳에서 음악을 듣다가 돌아가셨어요."

"삼가 조의를 표합니다."

김건이 모자를 벗어 가슴에 대고 목례했다. 음악을 사랑했던 고인이 음악을 들으며 운명했다니, 어쩌면 나름대로 행복한 죽음일 것 같기도 했다.

"이, 조각상들도……?"

"네. 대부분 경매로 사 온 진품이라고 들었어요."

고개를 끄덕이며 김건은 집 안 곳곳의 미술품들을 자세히 살폈다.

"여기가 옷방이에요."

작은 크기의 옷방에는 부부의 옷들이 가득 들어 있었다. 고급스러운 취향을 가진 고인의 옷은 생각보다 적었다. 김건은 고개를 갸우뚱했다.

"두 분이 결혼을 준비 중이시라고 들었습니다. 그런데 결혼식과 관계된 옷들은 안 보이네요?"

"남편한테 부담을 주기 싫어서 사지 말자고 했어요. 남편은 몇 번 이야기했는데……."

김건이 고개를 끄덕였다.

"아! 집 안에 와인셀러가 있나요?"

"와인셀러요?"

"두 분이 와인을 좋아하시는 것 같던데 따로 저장고가 없나요?"

"아, 네, 저쪽에……."

아세아는 김건을 주방 한쪽에 있는 미니바로 안내했다. 한쪽에 각종 술 종류를 모아둔 장식장이 있었고 선반 앞에 작은 스툴(간이 의자)까지 있었다. 장식장 옆에 와인셀러가 하나 있었다. 40병 정도가 들어가는 사이즈였다.

"이게 와인셀러예요."

"생각보다 작네요?"

"저희는 한 달에 한 번씩 와인을 배달해주는 분이 계셨어요. 여기 보관하는 건 특별한 와인뿐이죠. 아! 이상하네?"

와인셀러 안에는 고작 두 병의 와인이 뒹굴고 있을 뿐이었다.

"뭐가요?"

"우리 기념 와인이 없어요. 남편과 같이 주문한 건데⋯⋯."

"기념 와인요?"

"결혼식을 미루는 대신에 기념 와인 30병을 만든 게 있거든요. 매년 기념일에 한 병씩 마시기로 했었는데⋯⋯."

아세아가 셀러 안에서 빈 병을 꺼냈다. 기념 와인의 라벨에는 두 사람의 사진이 인쇄되어 있었다.

"누가 이걸⋯⋯."

"아, 그거, 내가 정리했어!"

윤상휴가 오징어를 찢어 씹으며 말했다.

"돈 되는 건 몇 병 없더라고. 친구들 불러서 싹 다 마셔버렸지! 와인 그까짓 거 뭐 오줌만 마렵고."

"어떻게! 그건 남편하고 같이 만든 기념 와인이에요."

"술이 다 술이지, 뭐가 기념이야! 유난 떨지 마쇼!"

윤상휴는 와인 냉장고 안에서 반쯤 빈 와인 한 병을 꺼내서 마개를 따더니 병째 마시기 시작했다. 아세아가 침통한 표정으로 고개를 숙였다.

"재산권 침해로 고소하겠습니다. 이건 분명히 아세아 씨 소유의 물건이에요!"

"그럼 고소해, 와인 몇 병 가지고 무슨……."

"됐어, 리아야!"

아세아가 항의하는 아리아를 만류했다.

"그만해."

그녀의 실망이 다른 사람에게도 그대로 전해졌다. 김건은 윤상휴가 제멋대로 버린 와인병을 유심히 살펴봤다. 집 밖 분리수거함에 버린 와인은 모두 라벨이 없었는데 집 안에 있는 와인병에는 모두 라벨이 붙어 있었다.

"혹시 와인병 라벨을 수집하시나요?"

"네? 아, 네…… 맞아요. 와인 공부에 좋다고 해서 몇 년 전부터 라벨을 수집하고 있어요."

"좀 볼 수 있을까요?"

김건의 뜬금없는 요구에 망설이던 아세아가 거실 한쪽 벽의 책장에서 두꺼운 스크랩북 한권을 꺼내 왔다. 책장을 열자 스크랩북 전체에 날짜별로 정리된 수백 장의 와인 라벨이 붙어 있고 그 밑에는 '바디감이 강하지만 쓴맛이 난다.'처럼 개인적인 느낌까지 기록되어 있었다.

"정리를 굉장히 잘해놓으셨네요!"

"와인은 엄청나게 다양하잖아요. 이렇게 해야 자기한테 맞는 와인을 찾았을 때 기억할 수 있다고 남편이 말했어요."

"정말 대단해요."

소주희와 아리아 변호사도 스크랩북에 감탄했다. 그때 갑자기 다가온 윤상휴가 스크랩북을 낚아채 갔다.

"뭐여, 이거? 야! 역시 부르주아들은 노는 게 다르네……. 이 비싼 와인들을…… 아유, 이게 다 얼마야?"

그는 거칠게 스크랩북을 넘겨보며 야유 섞인 감탄사를 남발했다.

"이거! 이거! 내가 가져가야겠어. 법정에 당신이 아버지 돈 가지고 얼마나 사치스런 생활을 했는지 증거로 제출할 거야."

"윤상휴 씨!"

아리아 변호사가 날카롭게 외쳤다.

"그건 아세아 씨 개인 재산입니다. 돌려주세요!"

"아니, 그러니까 법정 증거물로……."

"증거물이 필요하면 정식으로 증거 신청을 하세요. 지금 이건 아세아 씨 재산을 강제로 탈취한 겁니다!"

"아니…… 그게 아니라."

말문이 막힌 윤상휴가 갑자기 스크랩북을 바닥에 내던졌다. '쾅' 하는 소리에 다들 놀라서 조용해졌다.

"화가 나서 그래! 화가 나서!"

얼굴이 벌게진 윤상휴가 악을 썼다.

"나하고 엄마는 라면으로 연명했는데 엄마 버린 아빠란 인간은 젊은 여자 끼고 호의호식한 게 열 받는다고! 너희들이 우리가 얼마나 힘들었는지 알기나 해?"

때리기라도 하려는 듯, 아리아에게 바짝 다가서는 윤상휴 앞을 김건이 가로막았다.

"그건 거짓말이죠."

"뭐?"

윤상휴가 얼떨떨해서 반문했다.

"당신이 라면만 먹었다는 말은 아세아 씨를 압박하려고 한 거짓말입니다. 오히려 최근까지 당신은 아주 풍족한 생활을 하고 있었죠."

"얘, 뭐야? 그걸 당신이 어떻게 알아?"

윤상휴가 인상을 쓰며 소리쳤지만 김건은 태연하게 대답했다.

"그 손톱, 고급 네일숍에서 한 거죠?"

"뭐?"

윤상휴가 깜짝 놀라서 주먹을 쥐어 손톱을 감췄다.

"강남 쪽 고급 네일숍에서 진주 성분이 들어간 투명매니큐어를 광고하더군요. 한 번 시술에 12만 원, 이게 그거죠?"

"아닌데! 10만 8000원인데!"

허를 찔린 윤상휴의 말문이 막혔다. 그는 그저 씩씩거리며 눈알만 굴리고 있었다.

"남자들 중에도 네일숍을 가는 사람이 있기는 하죠. 영업직이나 서비스 계통에 일하는 사람들은 그렇게 관리를 받기도 합니다. 하지만 남자 중에 그렇게 빛나는 매니큐어를 선호하는 사람은 드물죠. 거기다 발톱까지 관리 받는 사람은 정말 찾기 힘들어요!"

김건의 손가락이 윤상휴의 슬리퍼 앞으로 드러난 반짝이는 발톱을 가리켰다.

"당신의 손발톱 상태를 봤을 때 평소에도 꾸준히 비싼 관리를 받아온 게 분명합니다. 적어도 일주일에 한 번씩은 관리를 받았겠죠. 라면으로 연명한 사람이 그게 가능할까요?"

"윤상휴 씨!"

갑자기 벙어리가 된 윤상휴에게 아리아 변호사가 쐐기를 박았다.

"당신은 벌써 아세아 씨의 개인 물품 일부를 절취하거나 훼손했습니다. 앞으로 한 번 더 이런 일이 생기면 바로 경찰을 부르겠습니다."

윤상휴는 얼굴이 벌게져서 "니들 마음대로 해!"라고 외치고는 밖으로 나가버렸다. 집 안이 갑자기 조용해졌다. 김건은 빙긋 웃으며 소주희에게 말했다.

"이제 제가 어떻게 해야 할지 방향을 정했습니다."

"아세아 씨를 돕기로 했나요?"

"잠깐만요……."

김건이 집게손가락을 들어 잠시 말을 끊은 뒤에, "혹시 A4 용지 한 장 얻을 수 있을까요?" 하고 아리아에게 부탁했다. 아리아는 어리둥절한 얼굴로 서류철에서 종이 한 장을 꺼내 주었다. 김건은 그 종이를 반으로 쭉 접었다.

"지금 이곳에서는 의지와 의지가 충돌하고 있습니다."

그리고 다시 귀퉁이를 접었다.

"남편과의 추억을 지키려는 아세아 씨의 의지……."

다시 반대편도 귀퉁이를 접었다.

"아버지의 재산을 독차지하려는 아들 윤상휴 씨의 의지……."

그는 다시 종이를 뒤집어서 길고 뾰족하게 접어나갔다.

"그리고 그들을 돕는 주변 사람들의 의지……."

종이는 조금씩 긴 칼과 같은 형태로 변하고 있었다.

"하지만 여기서 가장 중요한 건 아세아 씨의 의지도 아니고 아들 윤상휴 씨의 의지도 아닙니다."

그는 마지막으로 두 손가락으로 종이를 쭉 훑어내렸다.

"가장 중요한 건 바로 돌아가신 분의 의지죠."

그가 접힌 부분을 손가락으로 펴자 날렵한 모양의 종이비행기가 나타났다.

"그래서 저는 돌아가신 분의 의지를 따르기로 했습니다."

"혹시, 그거 C. O. T.(Case Organism Theory)예요?"

소주희의 물음에 "아뇨. 이건 그냥 종이비행긴데요." 하고 대답한 김건이 비행기를 들어 올리며 높은 곳을 겨냥했다.

"고인의 의지가 이 비행기를 움직일 겁니다. 잘 보세요."

"말도 안 돼!"

소주희와 아리아가 동시에 외쳤지만 김건은 부드럽게 하늘로 비행기를 날렸다. 열어둔 문으로 바람이 불어 들어와서 높이 솟은 비행기를 부드럽게 받쳐주었다. 나선을 그리며 날던 비행기가 거실 가운데를 가로지르더니 다시 바람에 밀려 옆으로 몸을 틀었다. 그리고 부드럽게 피아노 근처에 안착했다.

"아! 피아노군요!"

김건이 피아노 쪽으로 다가가자 사람들도 어리둥절한 표정으로 김건을 따라갔다. 그는 거침없이 피아노의 뚜껑을 열고 '딩딩딩' 하고 건반을 두드렸다.

"아, 좋네요. 관리를 잘하셨어요."

"남편 친구 중에 조율사가 계셔서 한 달에 한 번씩 봐주셨어요."

"역시 그렇군요……."

여기저기 건반을 두드리던 김건이 갑자기 연주를 시작했다. 조지 윈스턴의 'Thanksgiving'이었다. 세 여자들이 모두 놀라서 김건의 연주를 들었다. 특히 소주희는 김건의 의외의 모습에 놀랐다. 문득 옆을 보니 아리아 변호사가 입을 벌린 채 김건을 쳐다보고 있었다. 무장해제당한 여자의 전형적인 표정이었다. 갑자기 김건이 연주를 멈추고 다시 건반 몇 개를 딩딩 하고 두드리며 골똘히 생각에 잠겼다가 입을 열었다.

"아세아 씨, 피아노 치시죠?"

"네? 네……."

"부군께서 생전에 아세아 씨 피아노 연주를 즐기셨고요."

"네, 남편은 소파에 앉아서 제 피아노 연주 듣는 것을 즐겼어요. 그런데 어떻게……."

"부군께서는 음악실을 따로 둘 만큼 음악 듣는 것을 좋아하셨죠. 음악실이나 집에 다른 악기는 없고 이 피아노 건반은 작은 힘으로도 움직이도록 맞춰놨습니다. 평소에 여자가 쓰도록 맞춰둔 거죠. 본인은 연주를 하지 않는데 음악 듣는 것은 좋아하며 피아노가 잘 조율되어 있다면 같이 사는 사람이 치는 피아노를 즐겨 들었다는 뜻이겠죠. 소파 옆에 링거 거치대까지 있는 것을 보면 병중에도 여기서 연주를 들었겠네요."

사람들의 시선이 의아함에서 놀라움으로 바뀌고 있었다. 김건이 그냥 이상한 사람이 아니라는 사실을 깨닫기 시작한 것이다. 소주희는 그를 데려온 자신이 조금 자랑스러워졌다.

"부군께서 가장 좋아하신 곡이 뭡니까?"

"'월광'을 가장 좋아했어요."

"연주를 부탁드려도 될까요?"

"네?"

"저기 앉아서 한번 들어보려고요. 부탁드립니다."

김건이 1인용 소파에 앉아서 재촉하듯 손을 들자, 아세아는 마지못해 피아노 앞에 앉아서 월광을 연주하기 시작했다. 부드럽고 은은한 음색이 집 안을 가득 채웠다. 따듯한 달빛처럼 포근한 음률이 섬세하게 마음을 어루만졌다. 고인이 아픈 몸을 이끌고 거실에서 음악을 들은 것이 이해가 되었다.

"잠깐만요!"

갑자기 김건이 손을 들어 연주를 멈추게 했다.

"또 뭐예요?"

소주희가 조금 짜증스럽게 물었다.

"건반 소리가 조금 이상하네요."

"아, 네. 한 군데서 좀 이상한 소리가 나죠. 이상한 건, 전에는 괜찮았는데 조율사가 다녀간 뒤로 소리가 안 좋더라고요. 남편한테 말했더니 며칠 지나면 괜찮아질 거라고만 했어요."

"그렇군요. 알겠습니다."

김건이 소파에서 일어나서 그랜드 피아노 쪽으로 걸어가며 아까 던졌던 종이비행기를 다시 들어 올렸다.

"이제 고인의 뜻이 뭔지 확실히 알았습니다. 잠깐 실례하겠습니다."

김건은 그랜드 피아노의 뒤쪽 뚜껑을 열고 안쪽을 면밀히 살폈다. 그러고는 상체를 깊이 숙여 안으로 집어넣었다. 모든 사람들이 모르겠다는 표정으로 김건의 행동을 지켜보았다. 소주희는 그가 두 발을 버둥거리는 모습이 마치 피아노 괴물에 먹히는 것 같아서 피식 웃음을 터뜨렸다가 눈치를 살폈다. 김건이 안으로 더 깊이 들어가려고 몸을 움직이자 피아노 전체가 흔들거렸다. 그러다가 갑자기 뚜껑을 지지하던 폴이 쓰러져 뚜껑이 '쾅!' 하고 덮였다.

"아!"

사람들이 소리쳤지만 김건은 뚜껑이 닫히기 직전에 간신히 빠져나왔다. 바닥에 주저앉은 그의 손에 들린 종이비행기 끝에 작은 열쇠 하나가 걸려 있었다.

"이런 게 있는데요."

김건이 열쇠를 내밀었다.

"여기 집 안 열쇤가요?"

아세아가 받아 들고 자세히 살펴본 뒤에 고개를 저었다.

"아니요, 처음 보는 열쇠예요."

"그럼 부군께서 남기시려는 것이 이 열쇠와 관계가 있겠군요."

"어떻게 안 거예요?"

아리아가 높은 톤으로 물었다. 김건을 보는 그녀의 눈빛이 조금씩 흔들리고 있었다.

"친구인 조율사가 다녀간 뒤에 소리가 더 안 좋아졌다면 남편분이 부탁해서 뭔가를 넣었겠다고 추측했습니다. 남편분은 감추기보다 찾아주기를 바라셨던 것 같네요."

모두가 놀라서 눈만 깜빡거리고 있었다. 집에 온 지 한 시간도 안 돼서 열쇠를 찾은 김건이 무슨 마술사처럼 보였다.

"무슨 열쇠인지 알아봐야겠네요."

"잠깐!"

갑자기 거실로 들이닥친 윤상휴가 외쳤다. 그의 옆에는 구레나룻이 진한, 너구리처럼 생긴 노인이 서 있었다.

"그 열쇠는 내 꺼야!"

"뭐라구요?"

아세아가 참지 못하고 소리쳤다.

"그건 제 의뢰인 윤상휴 씨가 물려받은 재산입니다. 법원 판결은 아세아 씨가 가져온 개인 물품 외에 모든 재산을 친자인 윤상휴 씨가 물려받도록 했습니다. 돌려주시죠."

옆에 있던 너구리 같은 남자가 나섰다. 원래 회사 고문 변호사였지만 윤상휴에게 회유된 변호사 김갑환이었다. 아세아가 이런 식으로 쫓겨나게 된 이유가 바로 이 노인네의 배신 때문이었다.

"하지만 우리가 찾은 거잖아요! 남편이 저한테 남겨준 거예요!"

아세아가 항의했지만 김갑환은 냉정했다.

"그런 증거는 어디에도 없습니다. 이 열쇠가 이 집 안에 있었다면 그것은 윤상휴 씨 소유입니다."

"알겠습니다. 그럼 돌려드리면 되죠?"

세 여자가 모두 분해서 입술을 깨물고 있을 때 의외로 김건이 선선히 나서며 열쇠를 내밀었다.

"당신!"

"그걸 주면 어떻게 해요!"

아리아와 소주희가 소리쳤지만 김건은 "저는 제가 할 일을 할 뿐입니다." 하며 태연하게 열쇠를 넘겨주었다.

"그래도 여기 이성적인 사람이 하나는 있네. 옷은 좀 이상하지만……."

윤상휴가 윙크를 하며 말했다.

"이 열쇠가 뭔지 아시죠?"

김건이 웃으며 갑자기 나타난 두 남자에게 물었다.

"당신들하고는 상관이 없습니다."

김갑환 변호사가 막았지만 윤상휴가 열쇠를 보며 헤벌쭉 웃으며 말했다.

"괜찮아요. 열쇠가 여기 있는데 뭐…… 아버지 회계사가 이야기하더군. 그동안 아버지가 재산 거의 대부분을 어디 투자하셨다고……. 그래서 그걸 조사해보고 와인 회사와 거래해서 고급 와인을 대량으로 사들였다는 걸 알아냈지. 한 병에 몇 백만 원 하는 빈티지와인을 컨테이너째로 사들이신 거야. 그 와인이 이 집 안 어딘가에 있다는 거지."

윤상휴는 집 안 이곳저곳을 다니며 열쇠가 맞는 곳을 찾아헤매기 시작했다. "아, 난 바빠서 멀리 못 나가요. 그만들 가요! 어서!"

"당신들!"

아리아 변호사가 항의하려고 했지만 아세아가 막았다.

"그만해, 리아야. 이제 가자……."

그리고 그녀는 힘없이 가방을 끌고 밖으로 나갔다.

모두가 침울한 표정이었다. 그 와중에 김건만 미소를 잃지 않고 있었기에 그를 향한 눈총이 더 따가웠다.

"응? 왜요? 제 얼굴에 뭐가 묻었나요?" 하고 묻는 그에게 말을 걸어주는 사람은 한 명도 없고 싸늘한 냉기만 흘렀다.

"탐정 아저씨, 실망했어요. 그렇게 힘들게 찾아낸 열쇠를 바로 넘겨줘요? 남자가 배알도 없이……."

"나는 최선의 결과를 낸 건데……."

김건이 변명했지만 돌아오는 것은 '흥!' 하는 콧바람뿐이었다.

그때였다. 바람을 타고 난데없이 고막을 찢을 듯한 엔진 소리를 내며 오토바이 한 대가 들이닥쳤다. 해골 문장에 '한방 퀵'이라고 쓰인 무시무시한 문구가 보는 사람을 긴장하게 만들었다.

"아세아 씨!"

낮고 음산한 목소리였다. 배트맨이 한국말을 한다면 이런 목소리로 말할 것 같았다.

"네, 제가 아세안데요."

아세아가 말하자 오토바이 남자가 편지봉투 하나를 꺼내 보였다.

"본인한테만 전해야 돼요."

아세아가 신분증을 꺼내서 내밀자 얼굴과 이름을 확인한 뒤에야 남자는 편지봉투를 건네주고 폭발하는 굉음을 울리며 순식간에 사라져버렸다.

"아!"

편지 겉봉을 보고 아세아가 탄성을 질렀다.

"남편이 보낸 거예요."

"어서 열어봐요."

김건의 재촉에 아세아가 봉투를 열어 편지를 꺼냈다.

"이게 뭐지?"

2014/12/24 boeuf bourguignon + W
2015/1/9 boeuf bourguignon + W
2015/1/16 boeuf bourguignon + W
2015/1/28 boeuf bourguignon + W
2015/2/11 boeuf bourguignon + W

진짜 행복은 파랑새(L'Oiseau bleu) 너머에

편지에는 암호처럼 날짜와 단어 몇 개만 써져 있었다.

"뵈프 부르기뇽…… 이건 요리 이름이네요."

김건은 편지지를 자세히 들여다보았다. 햇빛에 비춰보고 확대경으로도 들여다봤지만 별다른 것은 보이지 않았다.

"다른 건 없어요. 이 글에서만 뭔가를 찾아야겠는데요."

모두가 한 번씩 편지지를 들여다보고 이것저것 추리를 해 봤지만 무슨 뜻인지 알 수가 없었다. 요리 이름도 그렇고 맨 마지막에 있는 파랑새라는 단어의 의미가 뭔지 짐작도 할 수 없었다. 모두 같은 요리 이름에 다른 날짜…… 그리고 W…….

"주희 씨 말이 두 분이 레스토랑에 오셨을 때 항상 뵈프 부르기뇽만 주문하셨다던데 그 이유가 있나요?"

"그건 저희 부부가 둘 다 좋아하는 음식이었어요. 남편이 가장 좋아하는 요리라면서 자주 만들어줬는데 저도 좋아하게 됐죠."

"그래도 항상 같은 음식을 주문하는 건 좀 이상한데요."

"사실은…… 남편이 이 요리를 만들어주고 제가 먹는 모습을 지켜보는 걸 좋아했어요. 그 레스토랑에 간 건 남편 병이 심해져서 더 이상 직접 만들어줄 수 없어서였어요. 남편이 실망할까 봐 일부러 남편 앞에서 맛있게 먹은 거예요."

"그렇군요. 그럼 이 음식을 드실 때 와인도 같이 드셨나요?"

"와인요? 네, 같이 먹었어요…… 아!"

"옆에 있는 W가 와인을 말하는 것 같은데요. 혹시 기록해 두셨나요?"

"네! 제가 마신 와인은 모두 스크랩북에 있어요. 잠깐만요."

아세아가 스크랩북을 가져와서 편지지에 쓰여 있는 날짜에 마신 와인 이름을 차례로 불렀다.

2014년 12월 24일 Ch. Cos d'Estournel(샤토 코 데스투르넬)
2015년 1월 9일 Ch. Margaux(샤토 마고)
2015년 1월 16일 Ch. Canon(샤토 카농)……

김건은 아세아가 불러주는 와인 이름을 일일이 수첩에 기록했다.

"비싼 것도 있고 싼 것도 있군요."

"네. 남편은 비싼 와인만 맛있는 것이 아니라고 말했어요. 싼 와인 중에서도 맛있는 것을 찾으려고 노력했죠."

"알겠습니다. 잠깐만요. 친구 중에 와인을 잘 아는 사람한테 좀 물어볼게요."

김건이 오래된 구형 스타택을 딸깍하며 열고는 전화를 걸었다. '뚜르르르' 하는 신호가 몇 번 가고 상대방이 전화를 받았다.

"*Bonjour*(봉쥬~흐)!" 하는 경쾌한 인사말이 수화기 너머로 흘러나왔다.

"아, 프랑수아. 잘 지내죠? 그래요. 나도…… 봉쥬흐…… 네. 주희 씨도 잘 지내는 것 같아요. 저 때문에 화가 난 것만 빼면……. 아, 물어볼 게 좀 있는데…… 아는 분이 프랑스 와인을 좀 여쭤보셔서……. 아, 여쭤보다…… 네, 물어보다의 존댓말…… 네, 그래요, 저……. 네…… 지금 와인 이름 좀 들어보고 이 와인들 특징이나 공통점을 말해줘요. 그래요……."

김건이 와인의 이름을 차례로 불러주자 바로 대답이 들려왔다.

"아, 그렇게 간단한 거였나? 네, 그래요. 고마워요. 나중에 포장마차에서 봐요……. 그래요, 주희 씨도……. 네……."

전화를 끊은 김건이 한숨을 내쉬고 웃는 얼굴로 돌아왔다.

"프랑스 친구가 이야기해주는데 이 와인들은 모두 같은 지역에서 생산된 거랍니다. 프랑스의 보르도 지방이죠. 그 지역에서 난 와인들은 앞에 샤토(Château)라는 이름이 많이 붙는다고 하네요."

"샤토요?"

아세아가 멍한 표정으로 말했다.

"네. 이 와인들도 모두 이름 앞에 샤토가 붙어 있네요. 샤토는 성이나 대저택을 말한답니다."

아세아가 충격을 받은 듯 두 눈을 크게 떴다.

"남편이 은퇴하면 가서 살고 싶다고 시골에 지은 별장이 있어요. 작은 집인데……."

잠시 숨을 돌린 그녀가 김건을 보며 말했다.

"남편이 그 집을 항상 '샤토'라고 불렀어요!"

시골집이라고 해도 서울에서 두 시간밖에 떨어지지 않은 곳이었다. 답답한 도시를 벗어나니 공기가 달라지면서 푸른 하늘에 떠가는 구름마저 여유로워 보였다.

하지만 한적한 시골길을 따라 느긋하게 달리는 김건의 폭스바겐 안에는 그렇게 한가롭지만은 않은 사람들이 타고 있었다. 운전을 하는 김건 옆에 앉은 아리아를 뒷자리에 앉은 소주희가 불만스러운 표정으로 흘겨보고 있었다. 언니가 운전하는 차는 멀미가 나서 싫다며 김건의 차에 타겠다고 고집을 부린 그녀가 냉큼 조수석을 꿰차고 앉는 바람에 소주희는 할 수 없이 좁은 뒷좌석에 끼어 앉아야 했다.

"그러고 보니까 김건 씨는 저하고 말이 잘 통하시네요."

처음 만났을 때 같은 날카로운 이미지를 벗어던진 아리아는 간드러지고 여성스러운 분위기로 김건과 이야기를 주고받았다. 소주희는 대단한 것도 아닌데 깔깔거리는 그들이 얄미워졌다.

"천만에요. 오늘 아리아 변호사님한테 많이 배웠습니다."

"어머, 아리아 변호사가 뭐예요? 지금은 일하는 것도 아니잖아요. 그냥 리아라고 부르세요!"

"아, 네. 리아 씨…… 그런데 이름 진짜 예뻐요."

"어머, 정말, 선수야!"

신호 대기로 차가 멈춰 섰을 때, 소주희는 참지 못하고 두 사람 사이에 끼어들었다.

"메모에 있던 그 '파랑새' 있잖아요. 뭔지 아세요?"

"글쎄요, 저는 잘……."

아리아가 고개를 저었다. 김건이 양손 가운뎃손가락을 관자놀이에 대고 빙글빙글 돌리며 생각에 잠겼다. 소주희는 그의 동작이 도서관 이동 책장의 손잡이를 돌리는 모습 같다는 생각이 들었다.

"파랑새. L'Oiseau bleu. 1906년 벨기에 극작가 모리스 메테를링크가 쓴 아동극. 이후 1908년 콘스탄틴 스타니슬랍스키 연출로 모스크바 예술극장에서 공연. 공연이 성공한 후 1909년 파리의 파스켈 출판사를 통해 출간. 널리 알려진 것은 동화로 각색되면서. 주인공 남매의 이름은 원래 '틸틸'과 '미틸'인데 일본어 중역본을 출간하면서 '치르치르'와 '미치르'로 알려짐."

"그걸 다 외우세요?"

아리아가 감탄하며 물었다.

"백과사전을 전부 다 외우신대요."

"세상에!"

아리아의 눈빛이 묘하게 빛나는 것을 소주희는 바로 알아차렸다.

"어휴 더워! 무슨 차가 이렇게…… 에어컨도 없어!"

김건이 짜증을 내는 소주희에게 미안한 표정을 지었지만

아세아가 오히려 "어머, 이 정도면 딱 좋은 거 아니에요? 조금 불편한 게 더 활력을 주잖아요?" 하며 타는 불에 기름을 부었다. 거기다 김건도 "그렇죠? 진짜 힘은 불편함에서 나온다니까요!" 하며 맞장구를 쳐서 소주희의 분노를 부추겼다. 인내의 한계로 치닫는 소주희가 폭발하기 직전, 앞서 달리던 아세아의 차가 국도 옆의 갓길로 들어섰다.

"다 왔어요!"

갓길을 따라 올라가자 500평은 될 것 같은 넓은 부지에 유럽풍으로 지어진 아담한 2층 목조 건물이 서 있었다. 넓은 부지에 비해서 집은 크지 않았는데 주변 경관을 해치지 않고 자연과 조화를 이루고 있었다. 그 집이 있는 것만으로도 이곳이 한국이 아니라 동화의 배경인 유럽의 어느 나라 같은 신비한 느낌이 들었다.

"여기군요!"

"네, 여기가 바로 남편의 '샤토'예요. 유일하게 남편이 저에게 남겨주신 거예요."

"들어가볼까요?"

"네, 하지만…… 전에도 몇 번이나 왔었는데 뭔가를 숨겨둘 만한 곳은 없었어요."

아세아의 걱정스런 목소리에 김건이 빙긋 웃었다.

"그렇게 쉽게 찾을 수 있다면 파랑새가 아니죠. 우선 가까운 곳부터 찾아보시죠. 잠깐만요!"

말을 마친 김건은 한동안 집 주변을 걸어 다니며 뭔가를 재고, 살펴보았다. 그러고는 용무를 마친 듯, 일행을 향해서 다시 성큼성큼 뛰어왔다.

"자 들어가실까요?"

집 안은 역시 말끔히 정리되어 있었다.

"남편 돌아가시기 열흘 전에 마지막으로 같이 왔었어요. 꼭 와보고 싶다고 고집을 피우셔서……."

몇 달 동안 방치된 것치고는 깨끗한 편이었지만 사람의 손이 닿지 않은 집 특유의 무거운 공기에 가슴이 답답해졌다. 마치 이곳만 시간의 흐름이 멈춘 듯한 느낌이었다. 아세아가 커튼을 열자 갑자기 들이닥친 햇빛을 미처 피하지 못한 먼지들이 어지럽게 공중을 떠돌았다.

"여기 구조가 서울에 있는 집하고 비슷하네요."

집 안을 둘러보던 김건이 말했다. 거실 가운데에 소파를 중심으로 한쪽 벽에 있는 벽난로와 반대편의 책꽂이, 바로 옆에 이어진 주방까지, 마치 서울 집을 그대로 옮겨놓은 느낌이었지만 좌우가 반대였다.

"남편이 일부러 그렇게 했대요. 익숙하면서 익숙하지 않은 공간을 꾸미려고 구조를 반대로 만들었죠."

"꼭 거울로 비춘 것 같아요."

아리아의 말에 김건이 "아, 좋은 비유네요." 하며 웃었다. 다시 한 번 소주희의 뱃속에서 뜨거운 불길이 일었지만 김건은 그녀의 표정 변화는 알지도 못하고 방의 끝에서 끝으로 걸어 다니며 긴 다리로 길이를 재고 관찰하기에만 골몰했다.

"2층은 어떤 용도로 쓰시나요?"

"대부분 손님방이어서 평소에는 쓰지 않는 빈방들이에요."

"좀 볼 수 있을까요."

아세아의 뒤를 따라 사람들이 위로 올라갔지만 소주희만은 아래층에 남았다. 화가 나서 좀처럼 마음을 가라앉히기 힘들어서였다.

"우리가 꼭 틸틸과 미틸이 되어서 파랑새를 찾고 있는 것 같네요."

김건의 농담에 아리아가 높은 톤으로 웃었다.

"그럼 제가 미틸인가요? 호호호!"

자기들이 언제부터 친해졌다고 저렇게 희희낙락하는 거지? 아니 그것보다 소주희는 왜 자신이 그 모습을 보고 화가 나는 건지 알 수가 없었다.

"진정하자, 소주희."

언젠가 TV에서 도사 같은 사람이 화가 날 때 마음 다스리는 기공법을 보여준 적이 있었다. 두 손으로 가슴 가운데를 위에서 아래로 쓸어내리면 올라갔던 기가 내려가며 진정이 된다는 것이었다. 소주희는 그 말대로 심호흡을 하며 두 손으로 가슴을 쓸어내렸다. 정말 조금씩 진정이 되는 느낌이었다.

"그래, 내가 화낼 이유가 없는 거야. 질투하는 것도 아니고……."

화가 서서히 녹아내리려는 그때, 다시 위층에서 김건과 아리아의 웃음소리가 들렸다.

"저것들이!"

순간적으로 폭발한 소주희가 신고 있던 슬리퍼를 벗어서 책장을 향해 힘껏 던졌다. '팅!' 하고 뭔가 비어 있는 듯한 소리가 울려 퍼졌다.

"어?"

종이로 된 책에 부딪히는 소리가 아니었다. 소주희는 책장으로 다가가서 방금 실내화에 부딪힌 부분을 손으로 만져봤다. 큰 책장의 가운데 부분이 플라스틱으로 만들어진 가짜 책이었다.

"이건 뭐지?"

때마침 내려온 김건이 다가왔다.

"뭐해요, 주희 씨?"

"여기! 여기만 가짜 책으로 되어 있어요!"

"그래요?"

김건이 책장 앞에 서서 자세히 살피기 시작했다. 전체 책장의 가운데 부분만 플라스틱으로 된 가짜 책으로 채워져서 단단히 고정되어 있었다. 처음에는 그곳이 문이 아닐까 하고 흔들어보기도 했지만 전체 책장이 연결되어 있어서 흔들리지도 않았다. 김건은 의자를 가져와서 위쪽 책부터 살펴보기 시작했다.

"뭐 찾으세요?"

"자주 만지던 곳은 다른 곳하고 차이가 나죠. 그걸 찾는 겁니다."

그 말을 듣고 소주희도 아래쪽에서 책들을 살펴보기 시작했다. 그녀의 눈에 금방 밑에서 세 번째 칸에 있는 책이 눈에 띄었다.

"여기만 먼지가 없어요!"

의자에서 내려온 김건이 소주희가 말한 곳을 살펴보고 엄지를 세워 보였다.

"과연 주희 씨! 날카롭네요."

"제가 좀 그렇죠! 호호호."

두 사람의 웃는 모습을 보던 아리아가 미간을 찌푸렸다.

김건이 먼지가 가장 적은 책의 윗부분을 잡아당기자 '끼이익!' 하며 뭔가가 움직이는 소리가 났다. 책장 오른쪽 끝에 가려져 있던 나무 문이 열렸다. 사람들이 문이 열린 곳으로 몰려갔다. 문고리도 보이지 않아서 처음부터 비밀의 방으로 설계된 것 같았다.

"이 방 알고 계셨나요?"

"아뇨, 이런 방은 처음 봐요."

아세아가 놀란 표정으로 대답했다.

원래 있던 방 전체를 숨기려고 책장으로 가린 것 같은 모양이었다. 가짜 책을 잡아당기면 외부의 나무 문이 열리도록 설계되어 있었다. 하지만 문제는 지금부터였다. 열려 있는 나무 문 뒤에 단단한 철문이 버티고 있었다.

"여긴 열쇠가 없으면 못 열어요. 아, 어쩌면…… 피아노에서 찾은 열쇠가 여기 열쇠인지도 모르겠네요."

"탐정 아저씨가 넘겨준 그 열쇠 말이죠?"

"사람들은 눈에 보이는 것만을 진실로 믿지만 대부분 진실은 보이지 않는 곳에 있죠."

김건이 주머니에서 뭔가를 꺼내며 말했다.

"바로 파랑새처럼요!"

그의 손에는 작은 열쇠 하나가 들려 있었다.

"앗, 그건!"

"맞아요. 피아노에서 찾은 열쇠죠."

"하지만 윤상휴한테 줬잖아요."

"그 열쇠는 제 사무실, 화장실 키였어요!"

모두가 그 말에 웃음을 터뜨렸다. 그리고 윤상휴의 방해를 미리 짐작하고 피아노 안에서 뭔가를 찾는 척하며 열쇠를 바꿔치기한 김건의 기지에 감탄했다. "그럼 그렇지!" 하며 웃던 소주희는 옆에 있던 아리아가 "대단해!" 하며 감동한 눈빛으로 김건을 보는 것을 발견하고 다시 불안해졌다.

"자, 열어보시죠."

김건이 열쇠를 아세아에게 넘겨주었다. 아세아가 심호흡을 한 뒤에 열쇠를 넣고 돌리자 철문이 좌우로 스르르 열리며 통로처럼 긴 구조의 방에 자동으로 불이 켜졌다. 각종 수집품이 놓인 선반이 좌우에 길게 설치되어 있었다. 선반 위에는 한눈에도 고가로 보이는 예술 작품들이 가득했다. 하지만 가장 눈에 띄는 것은 방 안쪽에 있었다.

"아!"

아세아가 숨을 몰아쉬었다. 방의 끝에 거울이 있었고 그 거울 앞에 하늘색의 아름다운 웨딩드레스를 입고 파랑색 부케를 든 마네킹이 서 있었다. 이제 모든 것을 알 수 있었다.

"하늘색은…… 제가 가장 좋아하는 색이에요."

남편은 그녀와 멋진 결혼식을 올리고 싶어 했던 것이다. 북받치는 감정으로 두 손으로 입을 가리고 눈물을 흘리면서도 그녀는 뚫어지게 웨딩드레스를 바라보고 있었다. 한시도 시야에서 놓치고 싶지 않은 안타까운 마음이 느껴졌다. 아리아가 등 뒤에서 언니를 안아주었다. 그동안 받았던 모든 설움이 일시에 보상되는 순간이었다. 소주희도 가슴이 뭉클하고 눈시울이 뜨거워졌다. 그런데 단 한 사람, 이 감동의 순간에 역행하는 사람이 있었다. 김건이었다. 그는 '하나, 둘……' 하며 발걸음으로 뭔가를 재며 방의 끝과 끝을 오가고 있었다.

"아저씨, 좀!"

소주희가 눈치를 주자 그제야 발걸음을 멈춘 김건은 아세아를 향해 빙긋 웃으며 말했다.

"저는 이런 방이 있을 거라고 짐작했었습니다."

"어떻게요?"

"남편분 음악 감상실에 걸려 있던 그림 말입니다. 정교한 가짜더군요."

"네? 저는 진짜인 줄 알았는데?"

"모든 것을 진짜만 좋아하던 남편분 성격이라면 가장 좋아하던 음악 감상실에 가짜를 걸어놓을 리가 없다고 생각했습니다. 진짜는 아마 다른 곳에 있을 거라고 생각했죠."

"그럼 여기 있는 게 다?"

"전문가가 봐야겠지만 진짜라고 생각됩니다."

선반 위에는 진귀해 보이는 각종 미술품이 놓여 있었다. 정확한 제작 시기나 어느 누구의 작품인지는 알 수 없었지만 그 아름다움은 모두의 시선을 끌기에 충분했다. 모두가 넋을 잃고 미술품들을 바라보았다. 만약 이것들이 모두 진품이라면 그 값어치는 상상도 하기 힘들 정도였다.

"이게 다가 아닙니다."

"네?"

"남편께서 남긴 선물은 따로 있어요."

김건이 웨딩드레스 뒤쪽으로 걸어가서 "열려라, 참깨!" 하며 거울을 손으로 밀자 거울이 알리바바의 바위 문처럼 '스르륵' 열렸다.

"윤상휴 씨가 했던 말 기억하세요? 부군께서는 큰돈을 빈티지 와인에 투자했다고 하셨죠. 직접 보시죠."

문 뒤에 불이 켜지면서 지하로 내려가는 계단이 드러났다. 김건을 따라 아래로 내려간 사람들은 감탄사를 연발했다.

"세상에!"

"이게 다 뭐야?"

불이 켜지며 생각보다 훨씬 큰 지하 공간이 모습을 드러냈다. 그곳은 거대한 와인 저장고였다. 호사가라면 누구나 탐낼 만한 와인이 고래 배 속 같은 저장고 전체를 빽빽하게 채우고 있었다. 고인은 한 번만 투자를 한 것이 아니었다. 오랜 시간 동안 많은 돈을 와인 수집에 투자했고 그 결실이 지금 그들의 눈앞에 있었다. 수집한 와인 중에는 중국과 중동 상인들의 매점매석으로 몇 배나 값이 뛴 것도 있었다. 이 와인 전부를 합치면 얼마나 비쌀지 상상이 안 갈 정도였다. 모두가 이 대단한 컬렉션에 입을 다물지 못했다.

"이게 바로 남편분이 사모님께 남기고 싶어 했던 겁니다. 고인의 진짜 '의지'죠!"

"고마워요! 정말 고맙습니다."

아세아가 감격에 겨워서 김건을 힘껏 끌어안았다.

"아, 이거……."

김건이 조금 당황해할 때, 아리아도 울며 김건을 끌어안았다. 세 사람이 한데 어우러진 가운데 소주희만 어색하게 떨어져 있었다.

두 미인 자매에게 안긴 채 어쩔 줄 몰라 하던 김건이 소주희에게 빙긋 웃으며 말했다.

"그분 말씀이 맞네요."

저절로 미소가 나오는 상황이었다.

"진짜 행복은 파랑새 너머에 있었어요."

뾰로통한 얼굴로 신데렐라 포장마차에서 샐러드를 뒤적거리고 있던 소주희의 등 뒤에서 김건이 다가왔다.

"봉쥬르!"

"아, 어서 와요. 얘기 다 들었어요. 대단하시네요."

프랑수아가 김건을 향해 엄지를 척! 세워 보였다.

"아, 뭘요. 내 직업이 그건데, 뭐! 프랑수아도 도와줬고……."

기분 좋게 자리에 앉는 김건에게 "잘난 체 그만하시죠?" 하고 소주희의 날카로운 말이 날아들었다.

"다 잘된 건 아니잖아요? 그 아들이란 사람한테 회사하고 집은 넘어갔잖아요?"

"모든 것을 다 얻을 순 없죠. 고인의 의지가 아세아 씨에게 전하고 싶었던 것, 그걸 얻은 게 가장 중요한 것 아닌가요?"

"그건 그렇지만……." 하고 소주희가 입을 내밀었다가 갑자기, "아!" 하고 손뼉을 쳤다.

"그건 어떻게 한 거예요? 종이비행기가 어떻게 피아노 앞으로 날아간 거죠?"

"그쪽으로 날렸으니까요."

김건이 프랑수아가 내준 물티슈로 손을 닦으며 담담한 얼굴로 말했다.

"네?"

"처음부터 피아노에 뭔가가 있을 거라고 짐작하고 바람의 방향과 세기를 고려해서 그쪽으로 비행기를 날린 거예요. 남편은 어려운 문제를 내지 않았어요. 평소 습관에서 멀지 않은 곳에 아내가 찾기 쉽도록 숨겨둔 거죠."

"왜 그렇게 비밀로 했을까요?"

"고문 변호사가 배신한 것을 알고 아내만 이해할 수 있는 문제를 낸 거겠죠. 아! 프랑수아, 오늘 기분 좋으니까 제일 비싼 걸로 줘요. 얼마죠?"

"여기 메뉴는 다 9800원이잖아요?"

프랑수아가 농담하냐는 얼굴로 대답했다.

"그럼 그중에 제일 맛있는 걸로 줘요!"

"와인은요?"

"나 술 못 마시는 거 알잖아요?"

프랑수아가 어깨를 으쓱하고는 주방으로 들어갔다. 기분 좋게 웃던 김건이 레이저를 쏘는 듯한 소주희의 눈빛을 보고 웃음기를 지웠다.

"왜 그러시죠?"

"그날 두 자매한테 안겨서 좋으셨죠? 진짜로 입이 귀에 걸리던데요."

김건이 크게 고개를 끄덕였다.

"부인하지 않겠습니다. 왜 파랑새가 행복을 의미하는지 잘 알겠더라고요."

김건의 능글맞은 대답에 소주희가 폭발하려는 순간 이번에는 김건이 말했다.

"아참! 경비 청구는 주희 씨한테 하면 되죠?"

"네? 무슨 경비요?"

"이번 일 의뢰한 게 주희 씨잖아요? 제가 해결했고……."

"어머, 어머! 그건 그쪽으로 보내야죠. 왜 저한테 그러세요?"

"그쪽에서 의뢰한 게 아니고 주희 씨가 의뢰한 거잖아요? 당연히 주희 씨한테 보내야죠. 주희 씨 소울푸드 얘기할 때, 프로 요리사라면서 돈 내고 사 먹으라고 했죠? 저도 프로 조사원이거든요? 당연히 비용은 주셔야죠? 청구서, 가게로 보내면 되나요? 참고로 저 아주 비쌉니다. 시간당 20만 원 정도? 그날 하루 종일 같이 있었으니까 비용이⋯⋯."

"정말 치사하게⋯⋯ 내가 무슨 돈이 있다고⋯⋯ 아, 알았어요. 알았어! 다음에 엄마표 육개장 만들어드릴게요! 그럼 됐죠?"

소주희가 김건에게 나지막이 덧붙였다.

"대신에 아저씨 소울푸드가 뭔지 말해주셔야 돼요?"

그녀는 가방을 챙겨 들고 벌떡 일어났다.

"저 내일 일찍 출근해야 돼서, 먼저 일어날게요."

사슴처럼 탄력 있는 긴 다리로 총총히 달려가는 뒷모습을 보고 김건이 쓸쓸한 표정으로 중얼거렸다.

"나도 말하고 싶어요⋯⋯. 기억이 난다면⋯⋯."

에피소드 3

물 마리니에르

물 마리니에르 *Moules Marinière*

- 프랑스인들이 가장 대중적으로 먹는 홍합 요리로 물 대신 와인으로 홍합을 삶는 것이 특징이다.

- 홍합의 담백하고 짭짤한 맛과 국물의 시원하고 향긋한 와인 향이 어우러져 이국적인 풍미를 만들어낸다.

벨기에와 프랑스 양쪽 모두 자신들이 종주국이라고 주장할 만큼 인기가 높다. 거기에 홍합 양식법을 전수해준 영국도 자신들의 지분을 주장하고 있어 이 요리 하나에 세 나라가 서로 얽혀 있다.

감자튀김과 같이 먹는 '물 마리니에르 아베크 프리트(Moules marinières avec frites)'도 인기 있는 메뉴다.

밤은 아직 끝나지 않았다.
모두가 잠든 정적,

깜빡이는 가로등, 텅 빈 공원 벤치에
지친 그림자 길게 걸치고

작은 매점 속 싸구려 장난감들
닫힌 차양 뒤 몰래 숨죽인다.

지친 나그네, 그림자 내주던 상수리나무는
수줍게 가지에 얽힌 바람 풀어내고

하늘 높은 새집 속 새끼 까치들은
힘든 부모 단잠 지키려 맨입만 다신다.

"Voilà!(짜잔!)"

프랑수아가 김건 앞에 반짝이는 사각형 식판을 내려놓았다.

"우와!"

삼각형, 사각형, 원 모양의 모든 칸에는 맛있어 보이는 음식들이 가득 차 있고 위에 1부터 9까지 숫자가 적힌 플라스틱 뚜껑이 덮여 있었다. 전체적인 모양은 SF 영화에 나오는 호화판 우주식처럼 보였다.

"이 뚜껑은 뭐죠?"

"숫자대로 차례로 드세요. 요즘 한국 미세먼지 너무 많아요. 그래서 먹기 전에 덮어둔 거죠."

프랑수아가 하늘을 가리키며 대답하자 김건이 툴툴거렸다.

"중국발 스모그 때문이죠."

"모든 책임을 중국으로 돌리면 안 돼요. 전 세계는 자기 나라에 세우기 싫은 공해산업을 모두 중국에 유치했어요. 이제 그 카르마가 돌아오는 것뿐이죠."

"Je suis d'accord!(동의합니다!)"

김건이 그의 말을 끊듯 손을 들고 말했다. 프랑수아가 살짝 고개를 숙였다.

"오늘의 요리는 앙트레(전채)로 버터에 구운 조개, 마늘빵과 골뱅이 에스카르고, 소간 파테. 플라(주식)로 뵈프 부르기뇽, 카슐레(소시지와 콩 스튜), 콕오뱅(닭고기 찜), 라타투이(야채스튜). 디저트로 크렘브륄레, 갈레트(파이)입니다. *Bon Appétit!*(맛있게 드세요!)"

마지막으로 프랑수아는 술을 안 마시는 김건을 위해 플라스틱 잔에 하우스 와인 대신 포도 주스를 부어주었다.

"정말 이게 다 9800원이에요?"

"*Oui!*"

"놀랍군!"

김건은 '1'이라 써진 첫 번째 뚜껑을 열었다. 전채라고 소개받은 버터에 구운 조개였다.

포크로 조심스럽게 찍어서 입에 넣자, 고소한 버터 향과 바다 향이 가득한 조개의 쫄깃한 속살이 꿀꺽 삼키기 아까울 정도로 맛있게 혀 위를 굴러다녔다.

"음."

"맛있어요?"

흐뭇한 미소를 지으며 프랑수아가 물었다. 그늘 없는 잘생긴 미소에 옆자리의 여고생들이 환호했다. 불쌍하게도 이 나라의 어린아이들에게 지금은 잠들기에 아직 이른 시간이었다. 학원에서 머리는 자라지만 가슴이 자랄 시간은 없다.

"맛있어요. 정말!"

"*Merci beaucoup!*(대단히 감사합니다!)"

프랑수아가 우아하게 한 손을 가슴에 대고 고개를 숙였다. 다시 환호가 일었다.

"그런데 그게 다가 아니에요."

"다가 아니에요?"

두 번째 뚜껑을 열고 마늘빵 위에 올려진 골뱅이 에스카르고를 입에 넣으며 김건이 고개를 끄덕였다. 눈을 감고 깊은 맛을 음미하고 있었다.

"달팽이 대신 골뱅이를 썼지만 기억 속에 있는 맛과 거의 같아요."

"기억 속의 맛? 이전에 프랑스 요리를 먹어본 적 있어요?"

"아니요, 이게 처음이에요. 예전에 맛을 '설명' 듣고 '상상'으로 먹어본 적은 있어요. 그런데 이게 바로 그 맛이네요! 신기해요!"

"맛을 '설명' 듣고 '상상'으로 먹어봤다고요?"

프랑수아가 고개를 갸우뚱했다. "그게 어떻게 가능하죠?"

"아, '상상력 수업'이었거든요." 김건이 다시 소간 파테 조각을 입에 넣으며 만족스럽게 웃었다. "설명하기 어려워요."

프랑수아가 두 팔을 펼치며 어깨를 으쓱해 보였다.

"김건 씨! 당신은 정말 미스터리한 사람이에요."

"그 말이 맞네요. 나도 옛날의 나를 모르니까!"

김건이 프랑수아 흉내를 내며 어깨를 으쓱하고 두 사람은 즐겁게 웃어댔다.

대기를 가득 메운 웃음의 입자를 뚫고 한 쌍의 남녀가 푸드트럭으로 다가왔다.

20대 초반으로 보이는 여자와 30대 중후반으로 보이는 남자로, 나이 차가 많이 나 보이는 커플이었다. 피기 시작한 꽃봉오리처럼 미모가 터져 나오는 젊은 여자에 비해 남자는 둥글둥글한 아저씨 같은 외모였다. 그는 자신의 결점을 커버하려는 듯, 전신을 명품 브랜드로 감싸고 있었다. 이태리제 양복에 프랑스제 넥타이, 스위스제 시계를 차고 있는 남자는 아마 속옷도 명품을 입고 있을 것이 분명해 보였다. 그런데 이상하게 구두만 어울리지 않게 낡은 것이었다. 하지만 남자는 편안한 얼굴로 당당하게 걸어 들어왔다.

김건은 흥미로운 눈으로 그들을 지켜봤다.

나이 차이에도 불구하고, 두 사람은 손을 맞잡고 애틋한 눈빛으로 서로를 바라보는, 애정이 충만한 모습이었다.

"Bonsoir."

프랑수아가 웃으며 인사했다.

"안녕하세요."

남자가 어색하게 인사했다.

"혹시…… 저 기억하시는지……?"

남자의 물음에 프랑수아가 활짝 웃었다.

"알죠! 첫 번째로 포장마차 수수께끼 풀었던 분!"

"아! 기억하시네요. 다행이다!"

"저 아름다운 분이 여자친구? 능력자시네!"

프랑수아가 카운터 아래에서 하얀색 냅킨을 꺼내 들고 손가락을 튕기자 '확' 하고 불꽃이 피어올랐다. 불꽃이 사그라지자 그의 손에는 빨간색 장미가 들려 있었다.

"Bienvenue, mademoiselle.(환영합니다, 아가씨.)"

"감사합니다!"

여자가 활짝 웃었다.

여인의 환한 웃음은 달의 앞면보다 밝고 여인의 슬픈 눈물은 달의 뒷면보다 어둡다!

프랑수아가 손을 가슴 앞에 대고 정중하게 허리를 숙였다.

"저쪽 테이블에 앉으세요. 메뉴는 정식 두 개, 맞나요?"

"네. 부탁드려요."

남자가 어색하게 웃으며 꽃향기를 맡고 있는 여자를 이끌고 테이블로 갔다.

"와, 프랑스인들은 모두 선수네?"

김건이 비꼬듯 말했다.

"*Non.* 이건 서비스!"

"저 사람이 처음으로 수수께끼를 푼 사람?"

"*Oui!* 저 사람이 첫 번째! 김건 씨가 두 번째!"

"무슨 시합이에요? 왜 경쟁심을 자극하죠?"

"누가 알아요? 엄청난 보상이 있을지?"

프랑수아는 빙글 몸을 돌려 차분하게 음식을 준비하기 시작했다.

김건도 '씨익' 웃으며 다시 자신의 앞에 놓인 요리를 음미하기 시작했다.

자정이 거의 다 되어가고 있었지만 이곳의 밤은 아직 끝나지 않았다.

밤은 태양의 거친 열기가 아니라 의지와 의지의 충돌로 깨어난다.

갑자기, 고요한 어둠의 한쪽을 뚫고 거친 폭음과 함께 요란한 경광등을 단 은색 포르쉐가 달려들었다.

포르쉐가 드리프트로 거칠게 자갈을 튕겨내며 멈춰 서더니 차 문이 열리고 야수 같은 눈빛의 남자가 차에서 내렸다.

신영규 형사였다. 멋들어진 맞춤 양복 조끼와 하얀 와이셔츠가 어둠 속에서도 빛을 발하는 것 같았다.

"선배님? 여긴 어떻게?"

김건이 자리에서 벌떡 일어났다.

"닥쳐!"

그의 등장으로 조금 전까지 화기애애하던 분위기가 흔적도 없이 사라져버렸다. 대기 중에 떠돌던 웃음의 입자가 야수 같은 남자의 맹렬한 적의에 한순간에 증발해버렸다.

신영규가 사나운 눈빛으로 둘러보자 신포 주변의 사람들이 모두 동작을 멈췄다.

갑자기 공기가 멈춘 것 같은 고요한 적막이 이곳을 휘감았다.

"*Bonsoir.*"

프랑수아가 웃으며 인사했지만 신영규는 차갑게 코웃음 치며 시선으로 프랑수아를 못 박았다. 딱히 위압감을 주려는 의도는 없다. 다만 그의 모든 의지가 오직 한곳으로 집중되어 흘러든다. 사람들은 그 압력을 견뎌내지 못한다.

"식사하실 건가요?"

"영업허가는?"

신영규는 고개를 갸우뚱한 채 왼쪽 눈을 가늘게 뜨고 푸드트럭 안쪽을 샅샅이 훑고 있었다. 그의 예리한 시선이 닿는 모든 곳을 사방 1센티미터 간격으로 나눠서 머릿속에 입력시키는 것 같았다.

"아, 없어요. 그런 건!"

너무나 해맑은 프랑수아의 대답에 모든 사람들이 입을 떡 벌렸다. 경찰임이 분명해 보이는 사람에게 영업허가 없이 장사를 하고 있다고 당당하게 밝힌 것이다!

"그래? 뭐, 그럴 수도 있지."

신영규가 레메게톤의 상징이 들어 있는 액자를 보며 태연하게 대답했다.

"저, 식사는?"

프랑수아가 다시 물었다.

"됐어! 쓰레기는 안 먹어!"

쏘는 듯한 그의 시선이 이번에는 김건에게 꽂히자 김건은 모자챙을 잡고 살짝 고개를 숙였다. 신영규가 성큼성큼 다가와서 김건의 맞은편에 앉았다. 그 과정에서 그는 한 번도 시야에서 목표를 놓지 않았다. 눈빛으로 목을 조를 기세였다.

"그래서, 저놈이 새 친구냐?"

"그런 것 같네요."

김건이 빙긋 웃으며 대답했다.

"여기가 새 아지트고?"

"그렇게 말할 수도 있겠죠."

"묻자!"

신영규가 상체를 바짝 기울이며 말했다.

"아무것도 기억 못 한다는 놈이 왜 다시 돌아왔지? 그리고 그런 놈이 어떻게 나를 돕겠다는 거냐?"

"특별한 방법은 없습니다." 김건은 여전히 태연한 얼굴로 말했다. "그냥 제가 할 수 있는 일을 할 뿐입니다."

신영규는 기분이 안 좋아졌다. 이놈은 과거에도 이랬다. 어떤 경우에도 주눅 드는 법 없이 느릿느릿 거북이처럼 자기 일을 다 해냈다.

"너 때문에 내 일이 틀어지면?"

"저는 누구 한 사람을 위해서 일하지 않습니다. 가장 중요한 건 흐름이죠."

"흐름? 즉, 시류에 편승하시겠다?"

"아닙니다. 제가 말씀드린 흐름은 누군가에 의해 만들어진 것이 아닌 절대적이고 보편적인 흐름입니다."

"절대적, 보편적, 흐름? '학교'가면 다 종교인 된다더니……."

"왜곡된 의지가 개입되지 않은 흐름, 그 끝이 바로 최선의 결과입니다."

"예나 지금이나 재미없는 놈!"

신영규가 코웃음을 쳤다.

"명심해라! 내 발목 잡으면 가만 안 둔다! 어이 주인장!"

그가 벌떡 일어나며 프랑수아를 불렀다.

"아까 당신 음식, 쓰레기라고 불러서 미안해!"

"**Non,** 괜찮아요."

프랑수아가 웃으며 대답했다.

"쓰레기들이 쓰레기를 먹는 게 당연한 건데, 그렇지?"

그 말에 살짝 굳어진 프랑수아의 얼굴을 외면하고 신영규는 유유히 은색 포르쉐를 향해 걸어갔다.

그때 갑자기 주변이 어수선해졌다. 나이 차가 많은 커플이 말싸움을 시작했기 때문이었다.

"이게 뭐야? 나 과장님, 진짜 이해 안 돼! 그렇게 모르겠어?"

"왜 그래? 현진아. 이거 싸지만 좋은 술이야. 자, 한 잔……."

여자가 와인을 따르는 남자의 손을 밀쳐냈다. 그 바람에 와인이 테이블 아래로 흘러내렸다. 남자는 자신의 구두에 와인이 몇 방울 떨어지자 화들짝 놀라서 실크 손수건으로 구두를 닦아내기 시작했다. 남자의 얼굴이 당혹감을 넘어서 충격으로 굳어버렸다.

"오빠는 정말 내 생각 조금도 안 하는구나?"

여자가 자리를 박차고 종종걸음으로 떠나버렸다. 열심히 구두를 닦던 남자는 깜짝 놀라서 허둥지둥 프랑수아에게 음식 값을 지불하고 그녀의 뒤를 따라갔다. 여자는 남자가 잡은 손을 뿌리치더니 달려가버렸다. 그녀를 따라가려던 남자는 전화가 울리자 침통한 표정으로 전화를 받으며 반대편으로 가버렸다. 그들의 모습을 지켜보며 김건이 말했다.

"이제, 그만 장사 접어야죠?"

"네. 시간 됐어요."

신데렐라 포장마차의 영업 종료를 알리듯, 지면을 찢는 듯한 은색 포르쉐의 광폭 타이어 소리가 요란하게 울려 퍼졌다. 휑하고 떠나버린 스포츠카가 남긴 먼지와 매연 속에서 두 사람은 눈을 감았다.

"오늘은 하루가 진짜 기네요!"

김건이 한숨을 쉬며 말했다.

"Je suis d'accord!"

프랑수아가 먼지를 뱉어내며 대답했다.

모두가 잠든 고요,
밤은 아직 끝나지 않았다.

터줏대감 부엉이 배배 꼬인 목 풀고
서릿발 같은 밤눈 뜰 때

겁 없는 들쥐 구만리 어둠 속
달처럼 둥근 머리 내민다.

바지런 꿀벌들 여왕전하 깰까
조용히 날개 접어 칼침 닦으며

일중독 개미들 보도블록 제집 안
움찔움찔 내일을 준비한다.

김건이 신포의 테이블에 앉아서 '오늘의 수프'를 마시고 있
을 때, 공원 입구에서부터 사람 그림자 하나가 헐레벌떡 달려
들었다. 파란색 줄무늬가 있는 하얀색 미니 원피스를 걸친 소
주희였다. 미끈하게 뻗은 두 다리가 바지런히 움직였다. 귀여
운 얼굴에 육감적인 몸매의 굴곡이 잘 살아 있는 옷이 물오른
젊음을 한층 더 강조하고 있었다. 굳이 명품이 아니라도 그녀
가 걸친 모든 것이 빛나 보였다.

그녀가 양 볼에 살짝 홍조를 띄운 채 외쳤다.

"세이프!"

"*Bonsoir.* 주희 씨!"

"*Bonsoir.* 프랑수아 씨!"

김건이 살짝 눈살을 찌푸렸다.

"두 사람, 뭐가 그렇게 좋아요?"

"당연히 좋죠? 요즘 운동해서 몸도 가볍고, 훈남 셰프가 만드는 맛있는 음식도 먹고! 인생 황금기가 이런 게 아닌가 싶어요!"

"밤에 머으면 살찌잖아요?"

"걱정 마세요. 가볍게 샐러드만 먹을 거니까!"

소주희는 입을 샐쭉 내밀고는 프랑수아에게 "셸! 샐러드 하나!" 하고 외쳤다. "드레싱은 요구르트로!"

"넵!"

소주희는 대답하고 돌아서는 프랑수아에게 "잠깐!" 하고 잠시 망설이더니, "역시, 치킨 샐러드가 낫겠네요. 양은 조금…… 많이…….”라고 말을 바꿨다.

"조금 많이?" 김건이 피식 웃었다. "그건 또 무슨 말이죠?"

"걱정 말아요. 우리끼리는 통하니까! 그렇죠? 셸?"

소주희의 부름에 프랑수아가 즉각 대답했다.

"그럼요! 주희 씨 말뜻은 젊은 여성들, 많이 사용하는 말로

'조금 많은 듯 보이지만 사실은 적은 칼로리로 몸에 부담 없는 양'을 말한 거잖아요?"

"거봐, 아시네!"

김건이 입을 '쩍' 벌렸다.

"내가 사전을 다 외워도 그런 말은 없었어요. 프랑수아, 어떻게 한국 사람보다 한국말을 더 잘 아는 거예요?"

"여자언어는 세계 공통이거든요. 김건 씨가 둔한 거죠."

프랑수아가 윙크하며 말했다.

"와, 프랑스인들, 진짜 선수들이네."

소주희 앞으로 꽤 큰 볼에 각종 야채와 닭튀김, 향긋한 소스가 뿌려진 샐러드가 놓였다.

"와, 맛있겠다!"

휴대폰으로 음식 사진을 찍은 소주희가 허겁지겁 샐러드를 먹기 시작했다.

프랑수아가 김건에게 살짝 몸을 기울여서 물었다.

"지난번에 왔던 그 경찰 있죠?"

"아, 신 선배님? 왜요?"

"그분이 유 작가님 체포했던 분이죠?"

"맞아요."

"그분은 여기를 어떻게 찾아왔을까요?"

"응? 글쎄요. 역시 문제를 풀지 않았을까요?"

프랑수아가 주먹으로 입을 가리고 잠시 생각에 빠졌다. 신데렐라 포장마차는 매일 위치를 바꾼다. 2호선을 따라서 '거위게임'이라는 프랑스의 전통 주사위놀이를 응용한 규칙에 따라 장소를 바꾸는 것이다. 그래서 이 법칙을 이해한 사람은 매일 어렵지 않게 신포를 찾을 수 있지만 법칙을 모르는 사람은 운에 맡기는 수밖에 없다.

"그분, 어떤 분이죠?"

"아주 실력 있는 경찰이죠. '주변을 둘러보지 않고 맹목적으로 결과를 향해 달려드는 타입'이라고 들었습니다."

"그래요? 김건 씨, 개인적으로는 잘 모르나요?"

"불행히도⋯⋯." 김건이 쓸쓸한 미소를 지었다. "제 기억에는 없네요."

달그락거리며 순식간에 샐러드를 비워버린 소주희가 '탕' 하고 그릇을 내려놓았다.

"아, 맛있다. 역시!"

엄지손가락을 척! 세워 보인 그녀는 "아, 뭔가 살짝 아쉽네!" 하며 입맛을 다셨다.

"주희 씨, 다이어트!"

김건이 주의를 주자, 그녀는 손으로 그의 어깨를 탁! 치며

"알아요! 알아!" 하고 '호호호' 웃었다.

　그러고는 사방에서 식사를 하고 있는 사람들을 훔쳐보더니 마침내 눈을 꼭 감고 외쳤다.

　"솊! 저 오늘은 더 안 먹어도 돼요."

　김건은 대견하다는 듯, 고개를 끄덕이며 물을 한 모금 마셨다가, "그래도, 이왕 온 거, 오늘의 정식 하나요!"라는 주문을 듣고 '푸웃' 하고 뱉어냈다.

　"조금…… 많이……."

　김건의 시선을 피하며 소주희가 덧붙였다.

　"넵, 알겠습니다!"

　프랑수아가 빙긋 웃으며 주방으로 몸을 돌렸다. 소주희는 시선을 다시 김건에게 향했다.

　"참, 지난번에 그 변호사 만나셨어요?"

　"아뇨? 왜요?"

　"그 언니분한테 연락이 왔는데, 탐정 아저씨한테 물어볼 게 있다던데?"

　"아, 일이 있으면 도와드려야죠."

　"일 때문에요? 다른 흑심은 아니고요?"

　"주희 씨, 무슨 말을……. 저는 공사 구분, 확실한 사람이에요!"

"그런 것치곤, 너무 좋아하시던데요?"

그녀가 김건을 살짝 흘겨보았다.

"네? 언제를 말씀하시는 건지?"

"미인 자매한테 안기니까 너무 좋았죠? 아주 한참 동안 안 떨어지던데?"

통통한 입술을 샐쭉 내미는 모습이 귀여웠다.

"아, 그거요? 그땐 그분들이 감정이 너무 격해 있어서 거절을 못 했던 거죠."

"흥! 자기 감정이 너 격해 있었으면서…… 그때 얼굴이 어땠는지 알아요?"

소주희가 헬렐레하는 김건 얼굴을 흉내 냈다.

"오해입니다! 저는 마지막까지 냉정함을 잃지 않았어요!"

김건이 고개를 가로저었다.

"행복은 파랑새와 같이 있어요."

소주희가 여전히 헬렐레하는 표정으로 놀렸다.

"행복은 파랑새 너머에 있다! 겠죠!"

"흥, 행복은 미인 자매 사이에 있다! 겠죠?"

"아니, 주희 씨, 정말!"

"두 분!"

어느새 와서 그들 앞에 서 있던 프랑수아가 조용히 말

했다.

"좀, 조용히 해주시겠어요? 다른 손님도 계셔서……."

"네!"

"그럼요!"

두 사람이 입을 다물자 프랑수아가 소주희 앞에 오늘의 정식 트레이를 내려놓으며, "오늘의 요리는 앙트레(전채)로……." 하며 설명을 하려고 했지만 소주희가 찍는 카메라 플래시 때문에 얼굴을 돌려야 했다. 다시 돌아보니 소주희는 어느새 "어머! 어머!"를 연발하며 음식을 입에 넣고 있었다. 그는 가볍게 한숨을 쉬며 *"Bon Appétit!"* 하고 물러났다.

"왠지, 주희 씨 20년 뒤 모습이 연상되네요."

프랑수아가 김건에게 살짝 말했다.

"알아요, 진짜 멋지죠?"

턱을 괴고 소주희가 먹는 모습을 지켜보던 김건이 무심코 말했다.

"네?"

"뭐요?"

김건은 아차! 하고 말을 돌리려고 했지만 이미 늦었다.

"김건 씨! 그런 취향이에요?"

"아니, 그게……."

허둥지둥 변명거리를 찾던 김건의 구원자는 헝클어진 머리에 배불뚝이 모습으로 다가왔다.

"안녕하세요. 아이구, 한참 찾았네요!"

지난번에 어린 여자친구와 같이 왔던 남자였다. 그를 보고 김건이 의아한 듯 살짝 고개를 갸우뚱했다. 전처럼 몸 전체를 명품 옷으로 감싸고 발에만 낡은 구두를 신고 있었다. 그냥 취향이라고 보기엔 지나치게 어울리지 않았다.

"*Bonsoir.*" 하고 프랑수아가 밝게 남자를 맞이했다.

"저번에는 쇠송했어요. 여친이 좀 민감해서……."

"*Non!* 그럴 수 있죠."

프랑수아는 미소를 잃지 않고 말했다. 보는 사람을 기분 좋게 만드는 힘을 가진 미소였다. 억지로 만드는 것이 아닌 자연스러움이 좋았다.

"뭘 드릴까요?"

"아, 사실, 오늘은 제가 좀 부탁드릴게 있어서……."

김건과 소주희의 시선을 의식하고 어색해하는 남자를 프랑수아가 데리고 트럭 뒤편으로 갔다.

"뭐지?"

"글쎄요?"

한 5분가량 이어지던 두 사람의 대화는 프랑수아가 종이에 뭔가를 적어서 남자에게 건네주자 남자가 인사하고 헤어지며 끝났다.

"뭐예요?"

돌아온 프랑수아에게 김건이 물었지만 "영업 비밀인데요." 라는 대답만 들었다.

"치사하네, 안 그래요, 주희 씨?"

하지만 소주희는 음식을 폭풍흡입한 뒤에 프랑수아에게 "샐러드 한 접시 더!" 하고 말해서 그를 지치게 만들었다. 김건의 시선을 느낀 그녀가 기어들어가는 목소리로 "조금…… 많이……." 하고 중얼거렸다.

"네?"

프랑수아가 되묻자, 김건이 대신 큰 소리로 "샐러드 특으로 조금 많이!" 하고 말해주었다.

지하철 막차는 묘한 긴장감과 안도감이 칸칸이 뒤섞인 이상한 공간이다. 운 좋게 막차를 탄 사람들은 열차 안을 가득 메운 술 냄새와 고기 냄새를 불쾌한 얼굴로 참아내며 한 정거장 한 정거장 집에 가까워지는 것에 안도하면서도, 깜빡하다

내릴 정거장을 지나칠까 피곤한 눈을 부릅뜨며 긴장의 끈을 놓지 못한다. 그래서 막차에 탄 사람들은 필연적으로 안도감과 긴장감을 동시에 붙잡고 있다.

간신히 막차를 집어 탄 김건과 소주희도 숨을 몰아쉬면서 사람이 없는 구석을 찾아서 안으로 깊이 파고들었다. 그날따라 막차에는 평소보다 사람이 많아서 빈 공간이 별로 없었다. 소주희가 서 있는 옆으로 비틀비틀 다가온 술 취한 남자가 게슴츠레한 눈으로 그녀를 훑어보며 자꾸 몸을 붙여 왔다.

"아!"

차가 흔들리며 왈칵 중심을 잃고 소주희를 끌어안으려던 남자 앞을 김건이 가로막으며 양팔로 소주희를 보호했다. 그러고는 투덜대는 남자를 피해 출입문 옆 빈 공간에 소주희를 밀어 넣었다. 반대쪽 문이 열리며 더 많은 사람들이 쓰나미처럼 밀어닥쳤다. 김건은 양팔로 버티며 소주희를 보호했지만 밀려드는 사람들로 인해 두 사람의 몸은 점점 더 가까워졌다.

"괜찮아요? 얼굴이 빨간데?"

김건이 힘을 쓰느라 빨개진 얼굴로 물었다.

"네, 괜찮아요."

그 시선을 피하며 소주희가 대답했다.

"아까 와인을 좀 마셔서……."

두 사람의 몸은 종이 한 장 들어갈 틈도 없이 딱 맞닿아 있었다.

"응? 아까 물 마셨잖아요?"

"아…… 그게…… 요리 속에……."

"그건 알코올 성분이 없는데……."

"그렇긴 한데…… 그래도 술은 술이라서…… 술기운이……."

소주희의 빨간 양 볼이 더욱 빨개졌다. 그 빨간 부끄러움이 너무 귀여워서 김건은 자기도 모르게 빤히 쳐다보았다. 뭔가 예전에 분명히 느꼈던 그리움, 하지만 떠오르지 않는 아쉬움이 애틋하게 다가왔다. 이번에는 소주희도 김건의 시선을 피하지 않았다. 서로가 서로의 눈빛을 받아들였다. 서로가 서로의 눈 속에 선명하게 떠 있는 자신을 보았다. 그 눈빛이 얽히며 눈썹이 '파르르' 떨렸다.

"에라이, 미련 곰팅이 같은 놈아!"

갑작스런 호통에 두 사람은 화들짝 놀라서 서로에게 향했던 시선을 거두었다.

조금 전 소주희를 괴롭혔던 취객이 어느새 두 사람 바로 옆의 좌석에 앉아 있었다. 그러고는 눈을 감은 채 중얼중얼 누군가를 원망해대고 있었다. 팔걸이에 기댄 그의 머리가 소주희를 건드려서 김건은 다시 몸을 돌려 그녀를 보호했다.

"탐정 아저씨!"

"네?"

"저 이 사람 누군지 알아요!"

"그래요?"

"이전에 우리 처음 만난 날, 우리한테 휴대폰 빌려준 사람, 기억해요?"

"아! 기억납니다. 응? 정말 그분이네?"

그 단정해 보이던 남자가 이렇게 망가진 모습으로 다시 나타났다. 뜻밖의 만남에 반가운 마음까지 들었다. 그러다가 문득 김건의 눈에 '임산부 배려석'이라는 글자가 눈에 들어왔다. 남자는 임산부석에 당당히 앉아 있었던 것이다. 그 모습을 본 김건과 소주희는 그만 피식하고 웃음을 터뜨렸다.

부드러운 김건의 웃는 모습을 보며 소주희는 속으로 다시 물었다.

'형사 아저씨, 정말 저 모르시겠어요?'

끊임없이 차가 꼬리를 무는 고속도로에서도 한순간 차가

하나도 없는 텅 빈 정적이 흐를 때가 있다. 사방에 휘몰아치는 태풍의 눈 같은 정적이 이 순간, 신데렐라 포장마차에도 찾아왔다. 이미 자정이 다 되어가는데 손님이라고는 술 취한 아저씨 한 명과 김건이 전부였다. 이 아저씨도 손님이라고 하기는 애매한 것이 프랑수아가 건네준 메뉴를 흘끗 보고는 "여기, 꼭! 떡라면 하나!"를 외친 후에 곧바로 벽 한쪽에 기대서 코를 골기 시작했기 때문이다.

프랑수아는 가볍게 한숨을 쉬고 가게를 접을 준비를 시작했다.

이상하게 한 명의 손님도 없는 상황에 주인인 프랑수아보다 손님인 김건이 더 몸이 달았다.

"광고를 좀 해볼까요? 전단지? 아니면 역 앞에 가서 호객행위라도?"

"됐어요." 프랑수아가 테이블을 정리하며 태연하게 말했다. "처음부터 돈, 모으려고 시작한 일 아니에요."

"네? 아니 그럼 장사를 왜 하는 거죠?"

"사람, 모으려고요."

김건이 막 의문을 제기하려는 때에 손님 하나가 휘적휘적 신포가 서 있는 공터로 들어왔다.

그는 지난번에 어린 여자친구와 같이 왔던 바로 그 남자였다. 역시 명품으로 몸을 휘감았는데 이번에는 신발도 명품 구두였다. 전체적으로 조화가 맞는 느낌이었지만 그에게는 왠지 이전 같은 자신감이 없어 보였다. 뭔가 사연이 있는 것 같았다.

"아휴, 찾는 데 한참 걸렸네요."

남자는 손수건으로 땀을 닦으며 둥근 배를 부풀려 숨을 몰아쉬었다.

"안녕하세요? 지난번에 만났었죠? 민간조사원 김건이라고 합니다."

주인보다 먼저 손님이 손님을 반겼다.

"아! 네, 민간조사원이면 그, 탐정 맞죠?"

"네, 맞습니다. 한 가지 여쭤볼 게 있는데요."

"예, 말씀하세요."

"여기 신포 수수께끼를 첫 번째로 푸셨다고 들었습니다."

"아 네, 뭐……."

남자가 머뭇거렸다.

"실례지만 누구 도움을 받으셨나요?"

"네? 그게 왜……."

"지난번에도 그러셨고 오늘도 그러셨죠. 찾는 데 한참 걸렸다고, 규칙만 이해하면 쉽게 찾을 수 있을 텐데 뭐가 힘드셨나요?"

남자가 나지막이 한숨을 쉬었다.

"사실대로 말씀드리죠."

두 사람의 기대하는 눈빛이 남자를 향했다.

"저는 학원 강사인데요. 저희 학원에 친구 따라 놀러 온 아이 하나가 문제를 풀어준 겁니다. 그런데 지난번에는 그 아이하고 연락이 안 돼서……."

"그 아이! 몇 살이죠?"

프랑수아가 전에 없이 다급하게 물었다.

"중2니까 아마 15살일걸요?"

"그 아이! 그 아이 이름이 뭐죠?"

프랑수아가 달려들 듯 나서며 물었다.

"아, 그건 잘 모르고, 저도 저희 학생 통해서만 알 수 있어요."

"아, 그래요……."

프랑수아가 왠지 풀이 죽은 얼굴로 대답했다. 김건은 그 이유가 궁금해졌다.

"제가 알아봐드릴 수는 있어요."

"그래요? 꼭 부탁드릴게요!"

프랑수아가 학원 강사의 두 손을 덥석 잡았다.

"저…… 그거보다 지난번 일로 상의드리고 싶은 게 있는데요."

"뭐죠?"

학원 강사가 불편한 표정으로 김건을 흘끗거리자 프랑수아가 나섰다.

"여기 김건 씨는 탐정이에요. 아마 도움이 되실 겁니다. 편하게 말씀하셔도 돼요. 그 아이 이름 꼭 알아봐주실 거죠?"

"저 사실은 실패했습니다!"

무너지듯 고개를 푹 숙이며 학원 강사가 말했다.

"알려주신 대로 요리로 여친한테 고백하려고 했어요. 그런데 다 실패했어요!"

둥글고 푸근한 외모의 남자는 연애 경험이 별로 없는 노총각의 전형적인 모습이었다.

"현진이는 제 학원 제자였습니다. 고등학교 때 부모님이 이혼하면서 갈등할 때부터 조언도 해주고 고민도 들어줬습니다. 다행히 애도 마음잡고 공부해서 좋은 대학에 갔는데 그 뒤로도 자주 저를 찾아왔었죠. 꼬맹이로만 알던 아이가 어느 날부터 여자로 보이더군요. 그래서……."

"지난번에 여친이 과장님이라고 부르던데요?"

"아, 제가 입시대책과 과장을 맡았어요. 그냥 학원에서만 쓰는 유명무실한 직함인데 현진이가 재미있다면서 과장님이라고 부르는 겁니다."

"프랑수아가 어떻게 코치를 했죠? 무슨 도움을 준 거예요?"

김건이 남자에게 다그치듯 캐물을 때, 프랑수아가 나섰다.

"죄송하지만 오늘 영업 끝낼게요!"

"웅? 아직 자정 되려면 시간 좀 남지 않았나?"

김건이 고개를 갸우뚱하며 물었다. 프랑수아는 김건을 보지도 않고 학원 강사를 향해 급히 말을 이었다.

"사정상 오늘은 빨리 마칩니다. 혹시, 내일 시간 되세요?"

학원 강사가 고개를 끄덕였다.

"네, 그런데 왜?"

"준비할 것이 좀 있어요. 내일 영업 시작할 때 오시면 알려드릴게요. 김건 씨도 시간 되시죠?"

"저야 뭐……."

"아! 주희 씨한테도 연락 부탁해요!"

이번에는 김건에게 급히 말을 마친 프랑수아는 대답을 듣지도 않고 돌아섰다.

"웅? 그걸 왜 저한테……?"

어리둥절한 두 사람을 뒤로하고 차분하게 정리를 마친 프랑수아는 정중하게 고개를 숙이고는 차에 올라타서 산들바람처럼 조용히 공터를 빠져나갔다. 프랑수아는 철저하게 시간을 지켜서 포장마차를 운영했다. 왜, 무엇 때문에 돈도 못 버는 일을 하는지 말해준 적도 없었다. 김건은 프랑수아도 비밀이 많다는 생각을 했다.

텅 빈 곳에 남은 김건과 학원 강사가 서로를 멀뚱멀뚱 쳐다보고 있었다.

그는 아무래도 위로를 받고 싶어 하는 것 같았다. 이대로 혼자 돌아가기 싫어하는 표정이 역력했다.

"혹시, 대포 하세요?"

"아뇨, 저는 술을 못합니다."

김건은 웃으면서 고개를 저었다.

"그럼 내일……."

"예, 내일 뵙겠습니다."

학원 강사는 고개를 떨어뜨린 채 지하철역의 불빛을 향해 걸어갔다. 그의 뒷모습이 한층 더 처량해 보였다.

"여보세요?"

생각난 김에 김건은 소주희에게 전화를 걸었다.

—여보세요? 아, 탐정 아저씨!

전화 너머로 소주희의 취한 목소리가 들려왔다. 사람들의 왁자지껄한 웃음소리가 배경으로 깔렸다.

─ 제가 좀 바빠서요. 내일 통화해요! 바이, 짜이찌엔!

뚝 하고 전화가 끊어졌다. 차가운 겨울바람 같은 쓸쓸함이 밀려왔다. 지하철역을 향해 걸어가는 김건의 어깨도 축 처져 있었다.

스치는 바람에 흔들리는 꽃망울
흐르는 물살에 떠다니는 물고기
수상한 속삭임에 도망치는 다람쥐
차가운 밤이슬에 하늘대는 흰나비
살아 있는 모든 것에게 밤은 아직 끝나지 않았다.

김건이 신데렐라 포장마차의 새 영업 장소에 도착하자 마침 학원 강사도 들어서고 있었다. 어제처럼 명품 옷에 명품 브랜드의 구두를 신고 있었다. 그때 반대편에서 소주희가 나타났다. 김건은 그녀를 향해 반갑게 손을 흔들었지만 그녀의 옆에 남자가 같이 있는 것을 보고 손을 내렸다. 바로 유치한 작가였다.

"아! 김건 선생님! 안녕하셨어요?"

유치한 작가가 밝게 인사했다.

"아, 네, 반갑습니다."

인사하는 김건의 태도가 조금 어색했다.

"어제 우연히 우리 주희 씨를 만났는데……."

'우리 주희 씨? 이전에는 분명 소 선생님이라고 깍듯이 불렀는데…….'

어느새 부쩍 가까워진 두 사람의 모습에 김건은 마음이 불편해졌다.

"오늘 여기서 중요한 행사가 있다고 초대해주셔서 이렇게 염치 불고하고 찾아뵈었습니다. 제가 우리 주희 씨께 자주 폐를 끼치네요. 하하!"

"아이, 폐는요. 우리, 친구잖아요!"

"아! 친구! 펑요우!"

"맞아요! 펑요우!"

두 사람은 어디서 벌써 술을 한잔하고 온 것처럼 들떠 있었다. 김건은 가볍게 심호흡을 했다. 마음을 다스리는 방법은 '궁전'에서 이미 충분히 수련해서 몸에 익혔다고 믿고 있었다. 하지만 소주희만 보면 쉽게 흔들리는 이유를 알 수가 없었다.

"프렌드! 모나미! 고이비토!"

"응? 고이비토는 연인 아니에요?"

"아, 그런가요? 아직 그 단계는 아니죠?"

"작가님도 참, 농담도 잘하시네요. 크크큭!"

김건은 유치한이 작가치고 참 말을 가볍게 잘한다는 생각이 들었다.

"말처럼 글을 잘 썼으면 진즉에 노벨상 받았지……."

김건이 모자챙을 만지며 중얼거렸다.

"네? 뭐라고요?"

유 작가가 묻자, 김건은 "아니요. 어서 앉으시죠." 하며 몸을 돌렸다. 소주희는 그런 김건의 마음도 모르고 유 작가와 '깔깔'거리며 "정말이에요. 저 어렸을 때 꿈이 소설가한테 시집가는 거였다니까요!" 같은 말을 내뱉었다.

"오, 이거 그린라이트?"

유 작가도 즐겁게 너스레를 떨며 유쾌하게 웃어댔다.

이미 준비를 마친 프랑수아가 일행을 맞이했다.

"Bienvenue!"

"Bonsoir. 프랑수아!"

소주희가 반갑게 인사했지만 김건과 학원 강사는 그리 즐겁지 않은 표정이었다.

"아니, 왜 오늘 오라고 한 거죠? 어제 말하면 됐잖아요?"

"저도 오늘은 수업까지 다른 강사한테 맡기고 나오느라 힘들었어요."

두 사람은 동시에 툴툴거렸다.

"다 이유가 있죠. 이거 준비하려고 시간 필요했던 거예요."

프랑수아가 앞에 있는 도자기 냄비를 가리켰다.

"이게 뭐예요? 특별 요리?"

소주희의 큰 눈이 더 크게 빛났다.

"*Oui!* 오늘 좋은 재료를 구했죠. 홍합 철이 지나서 냉동 홍합을 구했지만 프랑스산 오리지널이에요!"

"와, 프랑스산? 비행기 타고 온 홍합?"

"이렇게 하고도 돈이 남아요?"

김건이 걱정스럽게 물었지만 프랑수아는 웃으며 어깨만 으쓱했다.

"그런데 왜 한국산 홍합을 안 써요? 국산은 싼데?"

학원 강사의 물음에 프랑수아가 고개를 저었다.

"*Non!* 한국에서 파는 것은 대부분 진짜 홍합이 아니에요. 그건 '진주 담치'예요. 한국산 토종 담치보다 크기도 작고 맛없지만 번식력이 강해서 지금 양식 대부분 '진주 담치'죠."

"아, 테레비에서 본 것 같은데…… 그래도 그냥저냥 먹을 만하지 않나?"

학원 강사가 고개를 갸우뚱했다.

"양식 홍합에는 또 다른 문제도 있어요."

김건이 심각한 표정으로 고개를 저으며 덧붙였다.

"어민들이 홍합 양식할 때, 대부분 폐타이어를 쓴대요!"

"뭐?"

"폐타이어?"

"폐타이어의 재질은 천연 고무가 아니에요. 모두 합성 화학 물질, 발! 암! 물질이에요. 한국 정부는 태연하게 아무 문제없다고 홍합 양식에 폐타이어 사용을 허가하고 있지만 이건 사실상 범죄예요. 바다 환경에도 안 좋지만 폐타이어에 양식한 담치를 먹는 국민들 건강까지 방치한 거라고요."

왠지, 평소의 김건과 달리 흥분된 말투였다. 그것을 깨닫고 그는 황급히 입을 닫았다.

"명백한 정부 잘못이네요!"

"환경부나 국토부는 뭐하나 몰라?"

김건의 심각한 말에 모두의 표정이 어두워졌다.

"걱정 마세요! 전 한국 믿어요. 앞으로 반드시 좋아질 겁니다."

프랑수아가 밝은 목소리로 말했다.

"여기, 친환경 인증 받은 홍합이에요. *Voilà!*"

프랑수아가 큰 사기 냄비의 뚜껑을 열었다.

"와!"

"우와!"

모두들 요리의 모양과 냄새에 감탄했다. 큼직한 홍합이 빽빽이 둘러싼 가운데 양파와 파, 화이트와인의 향이 거대한 폭풍처럼 모든 감각기관으로 휘몰아쳤다. 익숙한 듯 익숙하지 않은 모양과 향기에 다들 신선한 충격을 받았다.

"이 요리는 '물 마리니에르(Moules marinières)'라고 해요. 파리에서는 보통 감자튀김과 같이 먹어서 '물 마리니에르 아베크 프리트(Moules marinières avec frites)', 줄여서 '물 프리트(Moules-frites)'라고 부르죠. 프랑스인들은 코스 요리만 먹는 줄 알지만 사실은 해산물 요리를 정말 좋아해요. '수다쟁이 프랑스인도 해물 요리를 먹을 때는 말을 안 한다'라는 속담도……."

"우리 이거 언제 먹어요?"

소주희가 불끈 쥔 두 주먹을 부르르 떨며 물었다.

"아! 그럼 지금부터 먹어볼까요?"

프랑수아가 작은 접시에 홍합과 국물을 떠서 모두에게 나누어 주었다.

"Bon Appétit!"

일행은 동시에 후루룩 하고 국물을 마셨다. 와인의 향긋한 과일 향과 홍합의 짭짤하면서 고소하고 담백한 맛이 절묘한 화합을 이루어서 상상도 못 한 멋진 하모니를 이루어냈다. 마치 눈앞에 어선들이 뱃고동을 울리는 프랑스 해안의 풍경이 펼쳐지는 듯한 착각이 들 정도였다.

"진짜 맛있다!"

"어떻게 이런 맛이 나지?"

"아, 진짜 하루 종일 먹고 싶어!"

소주희가 목구멍으로 넘어가는 홍합을 아쉬워하며 빈 그릇을 내밀자 프랑수아는 알아서 다시 요리를 채워주었다.

모두들 별 기대도 안 하고 있다가 큰 선물을 받은 것처럼 기쁘고 놀랍게 요리를 먹었다. "중국에서는 깜짝 선물을 '징시(惊喜)'라고 해요."

유치한이 꿀꺽 삼킨 국물을 눈을 감고 음미하며 말했다.

"정말, 큰 선물을 받은 기분이네요."

어느새 준비한 요리가 모두 사라지고 냄비의 바닥이 보였다. 몇 번이나 빈 그릇을 내밀던 소주희가 다시 접시를 내밀었지만 프랑수아가 고개를 저으며 냄비를 가리켰다.

"이제 없어요."

모두들 아쉽다는 표정으로 그릇을 내려놓았다. 엄청난 만족감으로 쉽게 말을 하기 어려웠다. 왜 수다쟁이 프랑스인

들이 해물 요리를 먹을 때 말을 안 하는지 알게 되는 순간이
었다.

"고마워요!" 소주희가 눈을 감고 여운을 즐기며 다시 말했
다. "아니, 감사해요."

"정말…… 맛있네요!"

유 작가도 감동한 표정으로 프랑수아에게 정중하게 고개
를 숙였다.

"오늘 새로운 세상을 봤습니다."

"Merci beaucoup!"

프랑수아도 정중하게 허리를 숙였다.

"아, 저도 만들어봤는데 도저히 이런 맛은……."

학원 강사가 말했다.

"옹? 이 요리를 만들어봤어요?"

"예, 일전에 왔을 때 프랑수아 씨가 조리법을 알려
줘서……."

"옹? 그럼, 지난번 왔을 때 그게……."

"네, 조리법을 적어 주셨죠."

그때였다. 요란한 굉음과 함께 은색 포르쉐가 달려들었다.
조용하고 평화롭게 하루를 마무리하고 싶은 모든 사람들의
소망을 산산이 부숴버리는 잔혹한 폭음이었다. 길게 이어진

스키드 마크에서 푸른 연기가 피어올랐다. 지면을 할퀴듯 거칠게 브레이크를 밟은 차가 멈추고 한숨 놓듯 시동이 꺼지며 차 문이 열렸다. 산발한 머리에 단정한 조끼 속 하얀 와이셔츠가 돋보이는 신영규 형사가, 검은 가죽장갑을 벗어 차 안에 던져 넣고 주머니에 손을 넣은 채 푸드트럭 쪽으로 다가왔다.

"하던 일 계속해. 오늘은 공무로 온 거니까."

그는 트럭 옆 의자에 털썩 주저앉아 팔짱을 끼고 코를 벌름거리며 냄새를 맡았다.

"이게 뭐지? 아, 물 마리니에르?" 그가 피식 웃었다. "냄새 좋네!"

"식사하실래요?"

프랑수아가 조심스럽게 물었지만 "쓰레기는 안 먹어!"라는 대답만 듣고 어깨를 으쓱했다.

신영규를 본 유치한 작가의 표정이 고통스럽게 일그러졌다. 소주희가 걱정스레 물었다.

"작가님, 괜찮으세요?"

"네! 괜찮아요. 어차피 한 번은 만나야 될 사람이에요."

유치한은 애써 고개를 들어 신영규를 쳐다보았다.

"전부터 궁금했는데 여기 어떻게 찾으신 거죠? 수수께끼 푸셨나요?"

"경찰 좋은 게 뭐야? CCTV!"

프랑수아의 물음에 신영규가 손으로 빈터 앞 도로의 CCTV를 가리켰다.

"*Excellent!*(훌륭해!)" 프랑수아가 외쳤다. "아주 직관적이야!"

"아? 그건 문제를 푼 게 아니잖아요? 반칙 아닌가?"

소주희의 항의에도 프랑수아는 고개를 저으며 "*Knot of gordian!*(고르디우스의 매듭!)" 하고 대답했다.

"고……." 김건이 대답하려는데 유치한이 냉큼, "고르디우스의 매듭! 아무도 풀지 못한 복잡한 매듭을 알렉산드로스 대왕이 칼로 잘라서 풀어버렸다는 전설이죠." 하고 끼어들었다. 김건이 언짢은 표정으로 낮게 한숨을 쉬었다.

"이것도 좋은 해결 방법이죠."

프랑수아의 말에 유치한이 발끈했다.

"하지만 그건 불법이잖아요?"

"누가 정한 법이죠?"

"아니, 그건 상식…… 아닌가?"

"문제 푸는 방법, 여러 가지 있어요. 룰은 자기가 정하는 거예요!"

프랑수아의 설명에 비로소 유치한이 고개를 끄덕였다.

"듣고 보니 그러네요. 입시 위주의 학교 교육에서 정답 풀기만 강요받아 온 한국인들의 상식적 한계! 수수께끼를 낸 사람은 어떻게 문제를 풀어야 한다는 제한을 두지 않았다!"

"*Les trois autres*……(다른 셋…….)"

프랑수아가 중얼거린 혼잣말에 김건이 고개를 갸우뚱했다.

'다른 셋? 무슨 뜻이지?'

"아, 미안해요. 이야기를 듣던 중이었죠?"

프랑수아의 물음에 학원 강사는 잠시 머뭇거리다가 입을 열었다.

"아, 네. 적어주신 요리법대로 요리를 만들었어요. 그리고 현진이를 집으로 초대했죠."

신영규의 등장으로 타이밍을 놓쳤던 학원 강사가 다시 이야기를 이어나갔다.

"자취를 오래 해서 요리는 좀 하는 편입니다. 처음에 요리를 해준다니까 현진이가 너무 좋아하더군요. 순서대로 요리를 시작했습니다. 가열한 프라이팬에 기름을 두르고 파, 마늘, 양파를 넣어서 볶았죠. 양파가 투명하게 변할 때 버터를 넣으니까 정말 고소한 냄새가 났어요. 그때 씻어둔 홍합을 넣고 흔들어서 볶기 시작했죠. 현진이도 '와, 냄새 너무 좋다' 하면서 좋아하더라고요. 집에 코코넛밀크가 있어서 그걸 좀 넣고 제 나름대로 향신료를 좀 넣었죠."

"어, 무슨 향신료요?"

"계피, 홍화씨, 삼릉, 사향 같은 한약재인데 현진이가 몸이 약해서 평소에 자주 먹던 것을 향신료로 쓴 거죠. 익숙하니까요."

소주희의 물음에 그가 기억을 더듬어 대답했다.

그 말을 들은 신영규가 갑자기 '씨익' 웃었다. 어딘가 섬뜩한 미소였다.

"마지막으로 집에 있던 화이트와인을 넣고 푸욱 끓였죠. 향이 정말 좋더라고요. 뭐, 프랑수아 씨가 만든 것만큼 좋진 않았지만……."

"야아, 이렇게 요리 순서를 외우시는 걸 보니까 정말 요리를 잘하시나 봅니다."

유치한 작가가 감탄사를 연발했다.

"요리가 완성돼서 테이블에 세팅하고 현진이를 불렀습니다. 현진이가 너무 좋아하더군요. 그런데 뚜껑을 열었더니…… 갑자기 현진이가 화를 내면서 수저를 집어 던지더군요. 깜짝 놀랐어요."

학원 강사는 괴롭다는 듯 눈을 감았다.

"흥분해서 이것저것 닥치는 대로 집어 던지더니 바닥에 주저앉아서 울더라고요. 달래주려고 했지만 제 손을 뿌리치고 '오빠는 나한테 조금도 관심이 없어!' 하고는 그대로 나가버렸습니다. 따라 나갔지만 바로 택시를 타고 가버렸죠."

그의 말을 듣는 사람들의 마음에도 안타까움이 전해졌다.

"저는 그날 현진이에게 프로포즈할 생각이었습니다. 반지까지 준비했는데 도대체 왜 그렇게 됐는지……."

남자가 시무룩한 표정으로 고개를 숙였다. 학원 강사라더니 평소에 말을 많이 해서인지 말투가 연극배우의 독백처럼 보이기도 했다. 사람들이 모두들 그를 동정하고 있었지만 신영규만은 표정이 달랐다. 그는 고개를 저으며 '큭큭' 웃고 있었다.

"지난번 여기서 식사하실 때도 그대로 가버리셨죠?"

프랑수아의 물음에 남자의 표정은 더 어두워졌다.

"네, 그랬죠."

문득 김건이 옆을 보자 유 작가가 소주희의 귀에 뭔가를 속삭이는 것이 보였다. 간지러운지, 그녀가 웃으면서 어깨를 움츠렸다. 이상하게 화가 치밀어 올랐다. 감정을 통제하기 힘들었다. 김건의 머릿속에 지난번 지하철 막차에서의 일이 떠올랐다. 바짝 다가선 두 사람, 소주희의 빨간 볼, 떨리는 눈빛…… 그리고 임산부석에 앉은 남자……. 아! 혹시?

"여자친구가 화를 낸 이유가 있습니다!" 갑자기 김건이 큰 소리로 말했다. "두 상황에는 아주 명확한 공통점이 있습니다."

"네?"

"와인이죠!"

"네, 그렇죠." 학원 강사가 고개를 끄덕였다. "그런데 이상하네요. 현진이 술 잘 마셔요. 저하고 와인바에도 자주 갔는데……?"

"최근에 몸 상태가 달라졌겠죠."

"아! 그럼……!"

학원 강사가 놀라서 소리쳤다.

"현진 씨는 임신한 게 아닐까요? 산모는 술을 피하니까요."

"그럼, 그게 다……."

김건이 준 해답을 들은 그는 머리를 감싸며 괴로워했다.

"저는 그런 것도 모르고……."

그때 가로등 불빛 아래에서 누군가가 걸어 나왔다. 학원 강사의 여자친구 '현진'이었다.

"현진아!"

그가 눈물을 글썽이며 여자친구를 불렀다. 그리고 그대로 달려가서 격하게 그녀를 끌어안았다.

"지니야, 미안해! 난…… 그런 것도 모르고…… 용서해줘!"

그녀도 눈물을 글썽였다.

"나, 과장님 아기 가졌단 말야, 근데 그것도 몰라주고……."

"미안해, 정말! 난…… 너 잃을까 봐 너무 무서워서……."

"바보! 바보! 곰탱이!"

두 사람이 사랑으로 충만한 채, 서로에 대한 오해를 풀고 새로운 시작을 하려 한다. 이 아름다운 광경에 모두의 마음이 뭉클해졌다. 유 작가가 흐뭇한 얼굴로 소주희의 손을 잡았다. 김건은 심장이 터질 것처럼 놀랐다. 하지만 소주희는 그의 손을 뿌리치고 조금 떨어져 앉았다. 유 작가는 조금 머쓱해져서 돌아앉았고 김건은 남몰래 안도의 한숨을 쉬었다.

갑자기 학원 강사가 여자친구를 안아주던 손을 풀고 그녀 앞에 한쪽 무릎을 꿇었다. 그러고는 떨리는 손으로 지갑에서 반지를 꺼내 내밀었다. 그녀가 감격해서 두 손으로 입을 막았다.

"지니야, 나하고 결혼해주겠니?"

자정 무렵의 공원 가로등 아래서 무릎을 꿇고 프로포즈를 하는 모습은 영화 속 장면처럼 로맨틱했다. 현진의 두 눈에 다시 눈물이 그렁그렁 맺혔다. 그녀는 반지를 받아 들고 고개를 끄덕였다.

"와!"

모여든 사람들이 모두 박수를 쳤다. 너무나도 아름답고 낭만적인 밤이었다.

사람들의 박수 속에서 두 남녀는 다시 뜨겁게 포옹했다.

유 작가가 또다시 그윽한 눈으로 소주희를 봤지만 그녀는 그 시선을 외면했다. 유 작가가 머쓱해하며 대신 크게 박수를 쳤다. 오해를 풀고 사랑으로 하나된 연인들…… 이제 이 세상에서 두 사람의 사랑을 막을 수 있는 것은 아무것도 없는 것 같았다.

"오케이! 거기까지!"

갑자기 싸늘한 목소리 하나가 분위기에 찬물을 끼얹었다. 마치 사랑하는 연인들 간에 맺어진 운명의 실을 억지로 끊어버리는 가위 같은 말투였다.

"아가씨 옷하고 구두, 신발 다 명품인데, 집이 좀 사나?"

"현진이 아버님이 사업하십니다. 그런데 왜 그러시죠?"

느닷없는 신영규의 질문에 학원 강사는 불쾌한 표정으로 대답했다.

"그럼 당신은? 지난번에 봤을 때, 옷은 전부 명품인데 구두만 낡은 거였지. 무슨 사연이 있나?"

"그건······."

그가 대답을 조금 머뭇거렸다.

"아버지가 남기신 유품입니다. 평소에 그 신발을 신으면 자신감이 생깁니다."

"아! 라이너스*의 아기 담요구만? 그럼 답은 나왔어!"

신영규가 자리에서 벌떡 일어나 두 사람 쪽으로 걸어갔다. 학원 강사가 여자친구를 보호하듯 자신의 몸 뒤로 숨겼다.

"너희들은 모두 이 인간이 착한 남자일 거라는 환상에 빠져 있어. 저 여자를 진심으로 사랑하지만 너무 착해서 표현을 못 하는 순둥이라고 믿으면서 말이야. 하지만 그게 바로 저 남자가 노린 거다. 저 인간은 순둥이가 아니라 선수야!"

신영규의 거침없는 말에 모두들 경악했다.

"이 인간 직업은 강남 유명 입시학원 강사! 연봉 3억이 넘는 고액 납세자! 아, 조사 좀 해봤지!"

학원 강사가 노려봤지만 신영규는 오히려 빙글빙글 웃었다.

"그럼, 10년 넘게 말로 먹고산 인간이 여자한테 말을 제대로 못해서 오해를 키웠다? 이게 말이 될까? 아, 뭐, 그럴 수도

---

* 찰스 슐츠의 만화 <피너츠(Peanuts)>의 캐릭터.

있겠지. 하지만 기억해봐! 저 인간이 여친을 뭐라고 불렀지? '지니야'라고 불렀지? 아주 자연스럽게? 이게 연애 쑥맥이 할 수 있는 일일까?"

"억측입니다!" 유 작가가 외쳤다. "이 두 사람 오랫동안 알아온 사이잖아요. 애칭 정도는 부를 수 있죠!"

"오, 작가라서 그런가? 현실보다 환상을 더 믿으시네?"

신영규가 코웃음을 치면서 말했다.

"그럼 좋아, 그럴 수 있다고 치자. 하지만 내가 저 인간을 주목한 데는 다른 이유가 있어."

신영규가 학원 강사의 발 쪽을 턱으로 가리켰다.

"저 신발!"

사람들이 모두 모르겠다는 표정으로 눈치를 살폈다.

"뭐야? 설마, 김건 너도 몰랐냐?"

'아!'

그제야 김건도 눈치 챘다. 학원 강사는 이틀 전부터 자신감을 주는 아버지의 낡은 구두가 아닌 명품 구두를 신고 있다. 그것은 최근에 뭔가 큰 변화가 생겼다는 말이다. 와인이 떨어지자 비싼 손수건으로 구두를 닦던 남자의 행동이 김건의 뇌리를 스쳤다. 만약 닦아낼 수 없는 뭔가가 묻었다면……?

"예전의 김건이라면 한눈에 알아봤을 텐데, 아니면, 다른 데 신경을 쓰고 있었나?"

신영규의 눈이 소주희를 훑고 지나가자 김건은 손가락으로 모자챙을 내렸다.

"'파노플리 효과'라는 말이 있어. 명품을 사면 마치 그 '브랜드' 집단에 속하게 된 것 같은 환상에 빠지는 현상이지. 당신이 바로 그 전형적인 유형이다. 당신이 입은 옷은 많이 알려진 명품이 아니라 부자들만 아는 명품이야. 즉, 당신은 사람들이 자신을 부자라고 봐주기를 바라는 속물이라는 뜻이지! 아, 비슷한 말로 속물효과(俗物效果, snob effect)라는 말도 있어. 다시 말하지만 바로 당신을 두고 하는 말이다."

"뭐야? 당신 나한테 왜 이래?"

학원 강사의 얼굴이 빨개졌다.

"미안하지만 당신 생각보다 나는 당신에 대해 훨씬 많이 알지! 옷은 자신을 표현하는 기본 수단이야. 자, 당신 같은 속물들은 왜 명품을 입을까? 콤플렉스 때문에 다른 사람에게 얕보이는 걸 못 참는 거지. 그런데 말야……."

신영규가 학원 강사를 가리키며 말했다.

"왜 당신 계속 같은 옷만 입지?"

그러고 보니 그동안 학원 강사의 옷은 줄곧 같았다. 같은 양복에 같은 넥타이…… 이상할 정도로 변화가 없었다. 김건은 신영규가 무슨 말을 할지 짐작했다. 신영규의 시각으로 학원 강사를 보니 다른 것들이 보이기 시작했다.

"원인은 간단해! 돈이 없어!"

신영규는 유행가를 부르듯 거침이 없었다.

"연봉 3억이 넘는 인기 강사가 왜 돈이 없을까? 궁금해서 당신 기록을 봤더니 아주 재미있는 것이 있던데?"

학원 강사의 눈빛이 헤엄치듯 흔들렸다.

"당신, 이혼남이더라고!"

"아?"

"뭐라고?"

모든 사람들이 경악했다. 조금 전까지 아름다운 연인들의 새 출발로 설레던 마음이 한순간에 무너져버렸다.

"당신 전처도 당신보다 열두 살이 어리던데, 아마도 당신 제자였겠지?"

"그만해!"

학원 강사가 소리쳤다.

"당신이 무슨 권리로……. 나는 가정을 지키려고 노력했어! 그런데 그 여자가 다른 남자의 아이를 가졌……."

신영규가 손을 들어 올려 남자의 말을 막았다.

"당신 인생이 막장인 건 내가 알 바가 아니야. 궁금한 건 그

거지. 당신 말대로 전처의 외도로 이혼했다면 왜 당신이 재산을 다 줬을까? 간단해! 사실은 당신이 바람을 피워서 아내가 이혼을 요구한 거지!"

"그건……."

"팩트는 당신이 이혼남이고 지금은 개털이라는 거야! 그리고 여자, 특히 어린 아이들 킬러라는 거야. 저 여자도 당신한테 속은 멍청이고……."

"그만해!"

학원 강사가 무서운 표정으로 외쳤다.

"나를 모욕하는 건 괜찮지만 우리 현진이를 모욕하지 마!"

"오, 그래?"

코웃음이 남자의 말을 잘랐다.

"그럼 묻자! 당신, 여친을 위해서 만든 요리에 무슨 한약재를 넣었지?"

학원 강사가 순간 '헉!' 하고 놀랐다.

"어이, 김건! 넌 기억하겠지? 뭐였냐?"

"계피, 홍화씨, 삼릉, 사향입니다."

김건이 대답했다. 그는 조금씩 학원 강사 쪽으로 몸을 움직이고 있었다.

"계피, 홍화씨, 삼릉, 사향…… 이 약재들 특징이 뭔지 알아? 모두 임산부가 먹으면 안 되는 약재라는 거다!"

"뭐?"

"정말?"

놀란 사람들의 시선이 학원 강사에게로 향했다. 그의 얼굴이 하얗게 변했다.

"한 번 결혼했던 남자가, 더구나 아이까지 있는 남자가 여친이 임신했다는 것을 모를 리가 없다. 당신은 그저 모르는 척하면서 여기 멍청이들한테 도움을 청한 것뿐이다."

"왜요? 왜 그런 행동을 해요?"

소주희가 외쳤다. 그녀는 이 아름다운 한 편의 동화가 거짓과 음모로 점철되었다는 사실을 믿을 수가 없었다.

"알리바이를 만들기 위해서다!"

신영규가 냉정하게 결론 내렸다.

"전처와 이혼해서 돈이 필요했던 강사는 이 여자의 부모가 돈이 많다는 것을 알았고 결혼을 하려고 했다. 하지만 아이는 원치 않았지. 그건 뭔가 개인적인 이유다. 트라우마일 수도 있고……."

"과장님! 아니지? 오빠가…… 그럴 리 없지?"

현진이 학원 강사에게 물었다. 하지만 그의 얼굴은 가면처럼 표정이 없었다.

"지난번 여기 왔을 때, 당신은 눈치 없이 임신한 자신에게 와인을 따라주는 남자친구에게 화가 나서 가버렸다. 그런데 당신을 따라가던 남자는 전화를 받고 다른 곳으로 가버렸지. 그건 누구 전화였을까?"

신영규의 물음에도 학원 강사는 시선을 아래쪽 한곳에 고정한 채 움직이지 않았다.

"전처였지? 선생?"

"그럴 리 없어!"

오히려 현진이 충격을 받은 얼굴로 소리쳤다.

"오빠가 어떻게? 아니지?"

하지만 남자는 미동조차 하지 않았다.

김건은 이미 그의 뒤쪽으로 소리 없이 접근하고 있었다.

"현진아!"

학원 강사가 멍한 표정으로 말했다.

"저 사람 말, 다 맞아!"

현진은 턱하고 숨이 막혔다.

"뭐라고?"

그녀는 가쁜 호흡을 이어가려고 애썼지만 주변의 공기가 모두 콘크리트처럼 굳어버린 느낌이었다. 숨이 쉬어지지 않았다.

"내 잘못 아냐! 내 취향은 딱! 10대 후반 여자아이들이야! 그래서 계속 그 또래 아이들하고 사귄 거라고. 그런데 여자애들은 다 나이가 들잖아? 열일곱이던 아이들이 스물둘, 스물셋, 계속 늙어가! 그러니까 방법이 없잖아? 계속 어린애들 찾아서 만나야지? 안 그래? 애만 안 생겼으면 첫 번째 결혼도 안 했을 거야! 결혼해서 이 꼴이 났는데 너까지 임신했어? 그러니까 내가 빡이 돌아 안 돌아?"

악을 쓰는 남자의 얼굴이 악마처럼 험악하게 일그러졌다. 너무도 확연하게 변한 그의 표정에 모두가 충격을 받았다.

"전처가 내 돈을 다 뺏어갔어! 그년이 뭐랬는지 알아? 미성년자 성폭행범으로 고소하겠대! 나를! 내가 어떻게 여기까지 왔는데! 계집년들은 다 똑같아! 나이가 들면 다 도둑년이 돼! 어린아이만 순진해! 아직 스무 살이 안 된 어린애들만 순결한 진짜 여자야!"

남자의 표정이 이상해졌다. 눈에 핏발이 서고 입에서 침이 흘렀다.

"현진아!"

"네?"

그녀가 무심코 대답했다.

"너 몇 살이지?"

"스물…… 둘이요……."

남자가 고개를 끄덕였다.

"옹, 스무 살이 넘었구나. 그래서 그랬어! 너도 이제……."

갑자기 그가 현진을 노려보며 고함을 쳤다.

"도둑년이 됐어어어어!"

그의 손에 어느새 칼이 들려 있었다. 그가 거칠게 현진에게 달려들었다.

"꺄악!"

현진이 날카로운 비명을 질렀다. 먼저 몸을 움직인 것은 김건이었다. 그가 긴 다리로 성큼 움직여서 여자를 보호하며 칼을 든 남자를 밀쳐냈다. 온몸으로 달려들던 남자가 비켜났다가 다시 돌아섰다. 그의 눈이 빨갛게 빛났다.

"방해하지 마!"

움켜쥔 칼을 빼앗긴 힘들다. 부상은 각오해야 했다. 김건이 순간적으로 모자를 벗어서 남자의 얼굴로 던졌다. 눈 부위에 모자를 맞고 비틀거리던 그가 발악하듯 칼을 휘둘렀다. 김건이 여자를 보호하며 뒤로 물러났다.

그때였다. 어느새 달려든 신영규가 로우 킥으로 남자의 다리를 걸어찼다. 두 손을 주머니에 넣은 채였다. 비틀거리다가 돌아보는 남자의 턱에 크게 휘둘러 찬 발끝이 꽂혔다. 순간적으로 정신을 잃고 쓰러지는 남자의 팔에 용서 없이 세 번째 발차기가 날아갔다. '댕그렁' 칼이 떨어졌다.

쓰러진 남자의 배에 다시 한 번 킥을 찔러 넣자, 남자가 '커억!' 하고 몸을 움츠렸다.

김건과 신영규의 호흡이 정밀한 기계처럼 한 치의 틈도 없이 들어맞는 순간이었다.

소주희와 프랑수아가 현진을 부축해주었다. 조금 전에 일어났던 모든 일이 사실이 아닌 것 같았다. 의자에 앉히고 물을 가져다주어도 그녀는 멍하니 자신의 약혼자를 쳐다보고 있었다.

학원 강사의 팔을 뒤로 꺾어 수갑을 채운 신영규가 김건에게 말했다.

"흥! 그래도 완전히 잊지는 않았구나?"

"그냥…… 할 일을 한 것뿐입니다."

모자를 집어 쓴 김건이 손가락으로 모자챙을 훑으며 대답했다. 신영규와 함께 있으면 저절로 몸이 움직이는 것이 이상했다. 기억은 못 하지만 두 사람의 관계는 더 복잡한 뭔가로 연결되어 있는지도 모른다는 생각이 들었다. 갑자기 머릿속에서 어떤 영상이 떠올랐다. 김건과 신영규가 부둣가에서 뭔가를 먹으며 해 지는 모습을 보고 있었다.

'선배님…… 다른 건 모르겠는데 여기 노을은 진짜 맛있네요!'

김건은 현기증을 느끼며 손바닥으로 양쪽 관자놀이를 눌렀다. 감전된 것처럼 순간적으로 떠오른 기억은 어느새 사라져버렸다. '그건 대체 뭐였지?'

신영규는 남자가 떨어뜨린 칼을 비닐봉지에 넣었다. 비닐봉지에 든 칼을 살펴보자, 손잡이 부분에 오래되어 색깔이 변한 피 같은 얼룩이 보였다.

"아냐! 이건 아냐!"

갑자기 현진이 소주희를 뿌리치며 학원 강사에게 다가갔다.

"오빠! 이거 잘못된 거지? 그지?"

너무나도 순식간에 일어난 의외의 상황을 현진의 두뇌가 받아들이지 못하고 있었다.

"정신 차려!"

신영규가 소리쳤다.

"이 인간 전처 부모가 실종 신고를 냈어! 전처하고 딸이 사흘 전부터 안 돌아왔다!"

현진의 발이 멈췄다.

"김건!"

신영규가 학원 강사를 자동차 보닛에 엎드리게 하고 발로 무릎 뒤쪽을 밟자, 그는 "아악!" 하고 비명을 질렀다. 신영규가 강사의 구두를 가리켰다.

"잘 봐라! 아버지의 구두에 '담요 증후군'*을 가진 인간이 여자에게 프로포즈하는 날, 자신감을 주는 구두를 안 신었다는 건 무슨 뜻이냐?"

"그 구두를 신을 수 없게 됐다는 뜻입니다." 김건이 대답했다. "구두가 망가졌다거나……."

"아니면 구두에 많은 피가 묻었거나!"

신영규가 김건의 말을 잘랐다.

"그건 지금부터 조사해봐야지?

신영규가 은색 포르쉐에 학원 강사를 밀어 넣었다.

"형사님! 제 말 좀 들어주세요. 엄마 때문에…… 그 미친 여자 때문에 제가 이렇게 됐습니다. 그년이 아버지 재산 훔쳐서 집 나가는 바람에…… 친척들 돈까지 빌려가서…… 아버지가 30년간 그 돈 갚느라……."

"닥쳐!"

★ 유아기에 쓰던 담요와 같이, 애착을 가진 무언가가 없으면 마음이 불안해지고 안절부절 못하게 되는 일종의 의존증.

그가 간단하게 울부짖는 남자를 진정시켰다.

"그런 말은 나중에 깜빵 가서 상담 선생한테 해! 내 일은 죄지은 놈 잡아넣는 것까지다!"

냉정한 반응에 학원 강사는 눈물을 삼키며 고개를 숙였다.

현진은 슬픈 얼굴로 그 모습을 지켜보고 있었다. 사랑하는 남자에게 프로포즈를 받던 꿈같은 밤이 상상도 못 한 악몽으로 바뀌고 말았다. 그녀의 눈에서 걷잡을 수 없이 눈물이 흘러내렸다.

여인의 환한 웃음은 달의 앞면보다 밝고 여인의 슬픈 눈물은 달의 뒷면보다 어둡다!

남자를 차에 집어넣은 신영규가 이상한 미소를 지으며 푸드트럭 쪽으로 다가갔다.

다가오는 그를 향해 프랑수아도 밝게 웃었다.

"프랑수아 마르셀?"

"Oui!"

"수고했어."

신영규가 손을 내밀었다. 프랑수아도 웃으며 그 손을 잡고는 말했다.

"당신이 세 번째예요."

"뭐?"

"자세한 건 나중에 알려줄게요."

"그래? 뭐, 그건 됐어!"

비웃듯이 차갑게 웃으며 갑자기 수갑을 꺼낸 신영규가 프랑수아의 손목에 수갑을 채웠다. '철컥' 하는 싸늘한 마찰음이 모두를 놀라게 했다.

"프랑수아 마르셀, 국제 미술품 도난 사건의 중요 참고인으로 임의 동행한다. 변호사 선임은…… 뭐, 알아서 하시고."

"선배님, 뭐하는 겁니까?"

김건이 잡은 팔을 그가 거칠게 뿌리쳤다.

"닥쳐!"

수갑에 묶인 프랑수아를 신영규가 억지로 끌다시피 하며 자신의 포르쉐로 끌고 갔다. 은색의 상어로 변한 포르쉐가 조수석으로 프랑스 남자를 집어삼켰다. 차에 올라 운전대를 잡은 신 형사가 엑셀을 밟았다. 신경을 찢는 타이어 마찰음을 내며 RPM을 올린 포르쉐가 순식간에 빨간 꼬리등을 늘어뜨린 채, 심해 같은 어둠 속으로 빠져 들어갔다.

"프랑수아!"

김건의 외침이 텅 빈 밤하늘을 메아리치며 퍼져나갔다.

아무도 없는 적막,
밤은 이제부터 시작이다.

— 1권 끝. 2권에서 계속.

외전外傳

Oblivion

아무도 살지 않는 깊고 깊은 산속에

아무도 모르는 완벽한 성이 있었다.

그 성의 성주는 흐르지 않는 시간 속에서

부족함 없는 불멸의 삶을 살고 있었다.

그의 사명은 단 한 가지, 망각의 물약을 지키는 것이었다.

아무도 그것을 마시지 못하게 하는 것, 그렇게 하는 대가
로 그는 영원히 살 수 있었다.

여신이 그에게 말했다.

고귀한 자여! 이 '망각'을 그대의 목숨처럼 지켜라.

이것이 있는 한 그대는 허망한 하나만 없는 영생을 누리
리라.

이것을 잃으면 그대는 모든 것을 잃고 허망한 하나만을 얻

으리라.

성주는 여신과의 약속을 지키며 풍요롭게 영원한 삶을 살았다.

하지만 성주는 자신에게 없는 한 가지가 무엇인지 알지 못해 괴로웠다.

태엽장치 피에로가 물었다.

"모든 것을 다 가진 성주님, 어째서 당신의 마음은 그렇게 텅 비어 있나요?"

"모든 것을 다 가져도 빈 마음을 채울 수는 없구나."

성주가 어두운 얼굴로 말했다.

세상에서 가장 아름다운 정원에서 명상을 하고

세상에서 가장 책이 많은 서재에서 사색을 하며

자신이 못 가진 것이 무엇인지 알아내려 했지만 그는 끝내 알 수 없었다.

그 불완전함이 그의 속에서 점점 커져갔다.

그래서 그는 점점 더 불행해졌다.

어느 날 새벽, 늑대에 쫓기던 시골 소녀가 그의 성으로 들어왔다.

사슴처럼 순진한 눈망울이 자신을 바라보자 성주는 깨달 았다.

그토록 오랫동안 찾아왔던 답이 바로 눈앞에 있다는 것을…….

그는 소녀를 성안으로 초대했다.

소녀는 몰랐다.

그 성안으로 들어가면 시간의 흐름에서 벗어나 원래의 삶으로 돌아갈 수 없게 된다는 것을……. 다시 마을로 돌아간 소녀는 자신이 알던 모든 사람들이 이미 죽었다는 사실을 알고 절망한다.

'이제 당신이 살아갈 곳은 이곳뿐이야.'라는 성주의 말에 소녀는 슬피 울며 다시 성으로 돌아온다.

소녀는 달라졌다.

그녀의 표정은 얼음처럼 싸늘해지고 말투는 서리처럼 매서워졌다.

한결같은 마음으로 구애하고 또 구애하는 성주에게 그녀는 언제나 장미 가시보다 더 따가운 말로 거절하고 또 거절했다.

성주는 상처받고 또 상처받았지만 소녀를 향한 마음을 결코 접지 못했다.

그는 소녀의 모든 것을 사랑했다.

자신을 향한 소녀의 차디찬 냉소와 거친 반항, 글썽이는 눈물까지 사랑했다.

그녀가 같은 성안에 있는 것만으로도 성주는 행복했다.

모든 것이 죽어 있는 이 성안에서 소녀는 유일하게 살아 있는 것이었다.

모든 것이 멈춰 있는 이 공간에서 소녀는 유일하게 움직이는 것이었다.

그래서 성주는 모든 것을 참고 견뎠다.

그녀는 언제쯤 나를 사랑하게 될까?

태엽장치 피에로가 소녀에게 말했다.

이 모든 것은 성주의 잘못이 아니에요.

그저 냉혹한 운명과 엇갈린 시간 속에 당신이 빠져버린 것뿐이죠.

나도 알고 있어.

하지만 나는 누군가를 미워하지 않고서는 견딜 수가 없

구나.

이 성안에는 모든 것이 있지만 내가 사랑하는 사람은 없단다.

소녀가 울며 말했다.

자신을 향한 성주의 부드러운 시선이 싫었다.

그의 상냥한 목소리가 싫고 고상한 얼굴이 싫었다.

그의 목소리를 들을 때마다 가족이 생각나고

그의 얼굴을 볼 때마다 사랑하던 이가 떠올랐다.

자신이 사랑하는 모든 사람들이 시간의 저편으로 먼지처럼 흘러가버렸다는 사실에

그녀는 절망하고 또 괴로워했다.

자신의 옆에 있는 유일한 사람이 자신의 행복을 모두 빼앗아 간 원인이라는 사실을 결코 잊을 수가 없었다.

그래서 그녀는 점점 더 불행해졌다.

소녀는 스스로를 죽이기 시작했다.

날카로운 칼로 손목을 긋고, 높은 첨탑에서 뛰어내렸다.

목욕탕 속에 머리를 담그고, 성주가 선물한 비단 천에 목을 매기도 했다.

하지만 언제나 다음 날 아침이 되면 그녀의 눈은 다시 떠졌다.

성주는 매일 아침 변함없는 미소로 소녀를 맞이했다.

그리고 소녀는 매일 매일 더 깊이 절망했다.

독한 술을 마시고 몸에 불을 질러도 봤지만 그녀는 언제나 아침이 되면 눈을 떴다.

매일, 사랑할 수 없는 사람의 미소를 보아야 하는 고통!

매일, 사랑할 수 없는 사람의 목소리를 들어야 하는 아픔!

매일, 사랑할 수 없는 사람을 만나야 하는 괴로움!

소녀는 뜨거운 납물을 자신의 두 눈과 귀에 흘려 넣었다.

아무것도 보고 싶지 않았고 아무것도 듣고 싶지 않았다.

소녀의 비명을 듣고 성주는 결심했다.

더 이상 소녀를 힘들게 하지 않겠노라고…….

그는 여신과의 약속을 어기고 망각의 물약을 가져왔다.

태엽장치 피에로가 반대하고 만류했지만 그는 물약이 든 병을 가져와 소녀에게 절반을 먹였다.

두 눈과 두 귀가 타들어가는 고통 속에서 곧 그녀는 자신을 잊어가기 시작했다.

모든 약속과 기억, 추억이 머릿속에서 사라지고 나중에는 고통까지 잊어버렸다.

소녀는 그대로 멈춰진 시간 속에서 죽은 듯 잠들었다.

망각의 약 절반이 사라지자 완벽한 성의 절반이 무너져 내렸다.

세상에서 가장 아름다운 정원 속 동물과 나무들도 절반만 남았고

세상에서 가장 책이 많은 서재 안의 모든 책들도 절반이 사라져버렸다.

태엽장치 피에로도 절반만 남은 모습으로 반쪽만 남은 노래상자 위에서 흔들리고 있었다.

그곳은 이제 더 이상 완벽한 성이 아니었다.

성주는 이제 자신의 기억으로 남은 절반을 채워야 했다.

하지만 더 이상 괴로워하지 않는 소녀를 보게 될 기쁨으로 모든 것을 참을 수 있었다.

다음 날 아침, 소녀가 눈을 떴다.

안녕하세요?

어린아이처럼 천진한 눈빛으로 소녀가 말했다.

여긴 어디죠?

그녀에게 미소로 인사를 하던 성주는 크게 놀랐다.

원망이 가득 찬 눈빛 대신에 아기처럼 순진한 눈빛이 그를 향했다.

나가라는 날카로운 울부짖음 대신에 선량한 물음만이 그에게 돌아왔다.

한때 이곳은 완벽한 성이었지만 지금은 반쪽짜리 성이라오.

대답하던 성주는 자신의 실수를 깨달았다.

모든 것에 반발하고 반항하던 활기 대신에 한마디의 반문도 없는 무조건적인 순종만 있었다.

모든 것을 거부하고 저항하던 신선함 대신에 한곳에서 한없이 기다리는 미련한 인내만 있었고,

그의 마음을 설레게 하던 야만적인 개성은 사라지고 하얀 눈 같은 우둔한 청순함만 남아 있었다.

사슴처럼 활기차던 당돌한 비웃음 대신 벽 한쪽에 세워진 갑옷처럼 딱딱한 미소만 남아 있었다.

그녀의 공허한 눈빛 속에 이전의 불꽃은 남아 있지 않았고

그녀의 차분한 목소리에서는 어떤 감정도 느껴지지 않았다.

내가 무슨 짓을 했나?

성주는 머리를 쥐어뜯으며 후회했다.

모든 것이 멈춰 있는 이 공간에서 소녀는 멈춰 있는 것이 되었다.

모든 것이 죽어 있는 이 성안에서 소녀도 죽어 있는 것이 되었다.

내가 무슨 짓을 했나?

눈앞의 소녀는 더 이상 그가 사랑하던 그녀가 아니었다.

반쪽짜리 성안, 반쪽짜리 침실의 반쪽짜리 침대에서 성주가 눈을 뜨면 언제나 소녀가 인사를 건넸다.

영혼 없는 소녀의 눈빛에 성주는 분노했고

텅 빈 그녀의 목소리에 깊이 좌절했다.

그녀를 피하려고 어느 곳에 가도 어디에 숨어도 소녀는 항상 그 자리에서 그를 기다리고 있었다.

반쪽짜리 성에서 그는 소녀를 피할 수 없었다.

그것이 성주를 미치게 했다.

그녀를 볼 때마다 이전의 소녀가 생각났다.

그녀의 목소리를 들을 때마다 이전의 소녀가 떠올랐다.

우매한 친절함이 날카로운 칼이 되고

메아리 같은 상냥함은 독이 되었다.

소녀는 언제나 성주와 함께 있고 싶어 했지만

성주는 언제나 그녀를 피하고 싶었다.

소녀는 언제나 그가 자신을 생각해주길 바랐지만

그는 한시라도 소녀를 잊고 싶었다.

하지만 반쪽짜리 성에서는 그녀를 피할 수도, 잊을 수도
없었다.

그것이 그를 더욱더 미치게 했다.

성주는 스스로를 죽이기 시작했다.

날카로운 칼로 손목을 긋고 높은 첨탑에서 뛰어내렸다.

목욕탕 속에 머리를 담그고 소녀에게 선물했던 비단 천에
목을 매기도 했다.

하지만 언제나 다음 날 아침이 되면 그의 눈은 다시 떠
졌다.

소녀는 매일 아침 변함없는 미소로 성주를 맞이했다.

그리고 성주는 더 깊이 절망했다.

독한 술을 마시고 몸에 불을 질러보기도 했지만 그는 언제나 다시 살아났다.

안녕하세요.

소녀가 그의 침대 앞에 서서 인사했다.

매일, 사랑할 수 없는 사람의 미소를 보아야 하는 고통!

매일, 사랑할 수 없는 사람의 목소리를 들어야 하는 아픔!

매일, 사랑할 수 없는 사람을 만나야 하는 괴로움!

그는 뜨거운 납물을 자신의 두 눈과 귀에 흘려 넣었다.

아무것도 보고 싶지 않았고 아무것도 듣고 싶지 않았다.

성주의 비명을 듣고 소녀는 결심했다.

더 이상 그를 힘들지 않게 하겠노라고…….

그녀는 성주와의 약속을 어기고 망각의 물약을 가져왔다.

반쪽짜리 태엽장치 피에로가 반대하고 만류했지만 소녀는 물약이 든 병을 가져와 성주에게 남은 절반을 먹였다.

두 눈과 두 귀가 타들어가는 고통 속에서 곧 그는 자신을 잊어가기 시작했다.

모든 약속과 기억, 추억이 머릿속에서 사라지고 나중에는 고통까지 잊어버렸다.

성주는 그대로 죽은 듯 잠들었다.

망각의 약이 모두 사라지자 반쪽짜리 성의 모든 것이 무너져내렸다.

세상에서 가장 아름다운 정원 속 동물과 나무들도 사라졌고 세상에서 가장 책이 많은 서재 안의 수많은 책들도 모두 시간 속의 먼지가 되어 사라졌다.

반쪽짜리 태엽장치 피에로와 반쪽짜리 가구들도, 반쪽짜리 방도 벽도 모두 산산이 흩어져버렸다.

하지만 더 이상 괴로워하지 않는 성주를 보게 될 기쁨으로 소녀는 모든 것을 참을 수 있었다.

성주가 눈을 떴다.

안녕하세요?

어린아이처럼 천진한 눈빛으로 그가 말했다.

안녕하세요?

어린아이처럼 천진한 눈빛으로 소녀가 말했다.

아무도, 아무것도 없는 성안에서 두 사람은 손을 잡은 채 웃고 있었다.

모든 것이 사라져버렸지만 모든 것을 잊은 두 사람은 아무도, 아무것도 필요하지 않았다.

두 사람은 텅 빈, 맑은 눈빛으로 서로를 보았다.

시간의 경계 속에서 고고히 허물어져가는 낡은 성터에서 두 사람은 서로의 체온을 느끼며 영원히 그렇게 그 자리에 서 있었다.

— fin —

책셰프
정가일의 말

'신데렐라 포장마차'는 하루에 단 한 시간, 자정까지만 영업하는 신출귀몰한 푸드트럭입니다.

잘생긴 금발의 프랑스인 사장은 도저히 이윤이 남을 것 같지 않은 9800원에 프랑스 코스 요리를 판매하며 뭔가 비밀스런 임무를 수행하고 있습니다.

이 신비한 포장마차를 배경으로 수많은 사람들이 만나고 헤어지며 서로 돕고 때로는 갈등하며 자신들의 이야기를 만들어갑니다.

앞으로 출간될 2권부터는 1권에서 아직 다 펼치지 못한 등장인물들의 과거와 숨겨진 이야기들이 등장합니다. 1권에서 힌트는 조금씩 있었지만요.

무언가 큰일을 겪고 신영규와 찰떡 파트너였던 시절을 기억하지 못하는 김건.

김건과 과거에 만났는지 아닌지, 김건은 기억하지 못하는 과거의 일을 간직하고 있는 소주희.(과연 그 기억은 맞는지!?)

자신은 원하지 않았지만 핏줄 때문에 그 집단의 일원이 되어야 했던 신영규 등…….

누군가는 과거를 되찾고 싶어 하고 반대로 누군가는 과거를 지우고 싶어 하며 누군가는 자신을 기억해주기를 바라지만 또 누군가는 자신을 못 알아보기를 바랍니다.

모든 사람이 각자 바라는 바가 있기 때문에 때로는 서로에게 힘이 되고 때로는 서로를 배척하기도 합니다.

이런 사람들을 하나로 연결해주는 것이 바로 '먹거리'입니다.

아이러니하게도 사람들은 입에 '먹거리'를 넣기 위해서 남을 해치고 모진 말을 하지만, 또 먹거리를 통해서 마음을 터놓는 친구, 가족이 되기도 합니다.

때문에 '먹거리'는 우리들 인간과 인간관계를 측량하는 가장 중요한 척도입니다.

프랑스의 미식가 브리야사바랭(Jean Anthelme Brillat-Savarin)

은 "네가 어떤 음식을 먹는지 말해주면, 네가 어떤 인간인지 말해주마"라는 말을 남겼고 히포크라테스는 "우리가 먹는 음식이 바로 우리 자신이다"라고 했습니다.

그런 의미에서 마음의 양식인 책 역시 바로 우리 자신인 셈입니다.

저는 제 이야기가 독자 여러분에게 따뜻하고 기분 좋은 한 끼의 성찬이 되기를 바랍니다.

이 책이 세상에 서빙되도록 도와주신 모든 분들께 감사드립니다.

Bon Appétit!

정가일